U0931515
爆籃
街霸王
殷培基

爆籃 街霸王
作者／殷培基
策劃編輯／周淑屏　羅詠恩
美術設計／陳詩韻
插圖／曾月泉
出版發行／突破出版社
香港沙田亞公角山路 33 號突破青年村
電話：2632 0000　傳真：2632 0388
電郵：breakthrough@breakthrough.org.hk
網址：http://www.breakthrough.org.hk
http://www.btproduct.com
承印／陽光（彩美）印刷有限公司
2015 年 6 月初版 1 刷
2020 年 9 月 2 版 1 刷

Streetball Fighter
by Yan Pui Kei Kevin
First Printing, First Edition, June 2015
First Printing, Second Edition, September 2020

Printed in Hong Kong
ISBN 978-988-8562-33-6

本書採用環保油墨印刷

每一個
年輕人都應當
乘着夢想的
翅膀出航。

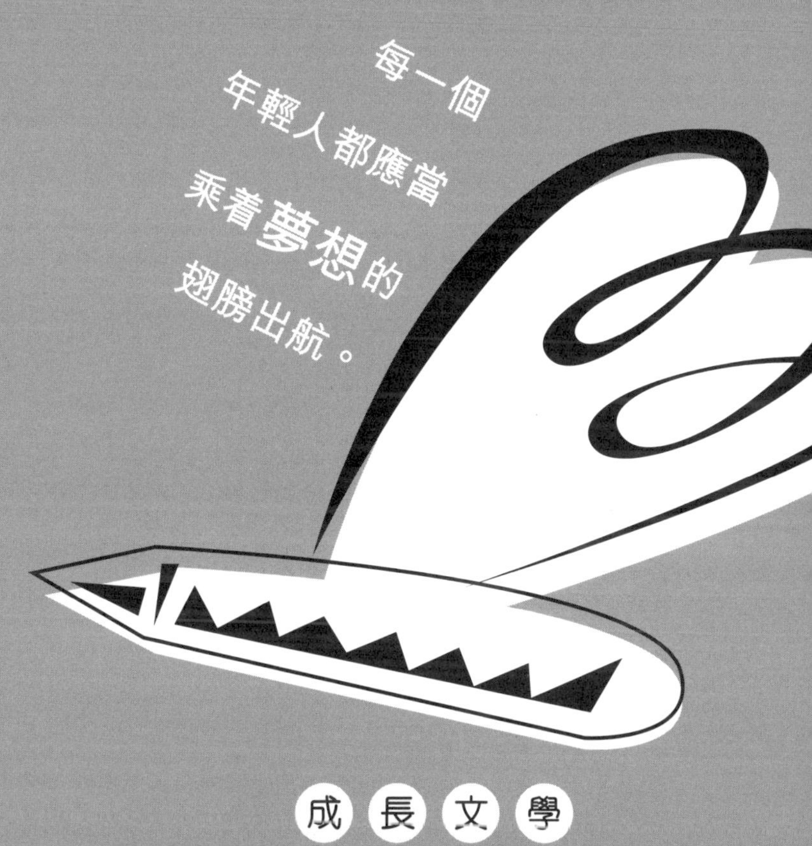

成長文學

目錄

序

書寫完了《爆籃 ON FIRE》後沒想過那麼快便再來一部外篇——《爆籃街霸王》。一直以來，我寫運動小說只有一個目的，就是要讓喜歡閱讀和運動的青少年體會一種永不放棄的生命力。

故事中的幾個街霸籃球高手都是典型美國黑人青年的樣式，貧苦、幫派、毒品等等都是現實問題。他們在生命中的掙扎比起活在「井城」的青藍更大，更需要勇氣，而這些角色的塑造都來自 NBA 某些球星的真實個案。我常想：我們打籃球，為興趣、為健康，最多為了賺錢，但他們打籃球，是為了自己的事業、為家庭、為求生存的尊嚴，所靠的就是苦練，就是對命運的不屈服。

個子小，打籃球一定輸？不能靠它成名？

那看看 NBA 超級球星——六呎戰神 Allen Iverson 吧！也看看當今 NBA 第一控衛——

六呎一吋的 Chris Paul，他說：「我明白上帝不可能讓你一夜之間長高到七呎高，但我確信祂能令我有不屈的鬥志面對比我高大的對手，而且會令我戰勝他們。」

前天趕這篇小說的期間，正好是 NBA 季後賽西岸第一圈，馬刺鬥快艇第七場生死戰。基斯保羅在比賽期間兩度拉傷大腿肌肉，不過戰至最後一秒，他運球在手獨闖龍潭，射入驚天絕殺，殺敗上屆總冠軍馬刺隊，晉級！

原來，面對任何逆境難關，只要有永不言退的決心，就成！

殷培基

二〇一五年五月四日

第一章：殷青藍——夢之翼

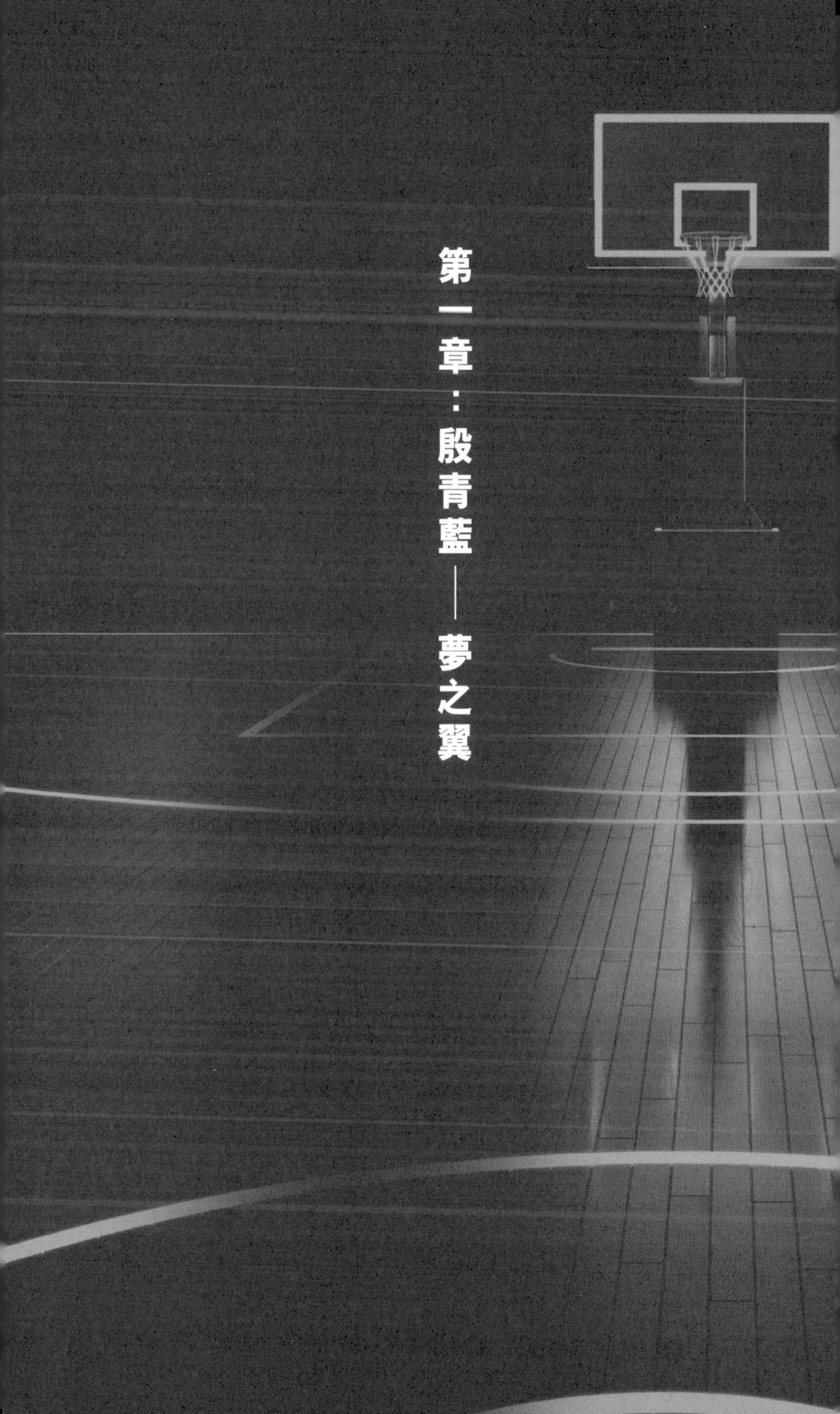

1 夢想之城

每一個人心中都有一座屬於自己的「城」。這座城可以開拓擴展，也可以閉關自守，甚至自我拆毀，荒廢成一片頹垣敗瓦。

設計自己的城，在自我的生命藍圖上，就叫作——生活。

對殷青藍和幾個活在「井城」的青年來說，由港區貧城的山腳出發，無畏無懼地打上南山之巔，挑戰最強的天坪學院，成功獲得參加美國NBA青少年訓練營的機會，直如背負着整個貧民區——井城在背上插翅騰飛，橫越太平洋，空降夢想之地——紐約城。

NBA在亞洲區挑選了中國、香港、台灣、韓國、日本等地的青少年好手，參與為期三個月的特訓。這支由十六至二十歲的高中及大學生組成的團隊，雖來自不同國家及地區，但都有同一雙翅膀、同一個屬於籃球夢的天空。他們一同抵步，在美國東岸大城市——紐約——集合、參加友誼賽、被分派。

「分派」——意思是透過友誼賽，以選秀方式，任由三十隊的NBA球隊教練團挑選。

「我們」一行六十位全亞洲青少年精英，每隊選兩位參與球隊的季前操練特訓，與該隊的青年隊同住、同練，再隨正選隊跟操、比賽。嘩！當中的訓練、交流、觀摩，真的難能可貴！如果我們有幸被當地大學的球探挑選出來，獲贈予獎學金入讀大學，再經歷NCAA的洗禮，然後堂堂正正的登上NBA選秀舞台，最後加入NBA開展職業球員生涯，說不定，林來瘋（Linsanity）的神話由我們續寫下去……」

「金勇毅同學，請你別在其他地區的代表面前口出狂言！」黃庭軒指着從不懂收口的金勇毅認真訓示。

港區十二位青年代表是：殷青藍、徐風、王凱、戴樂行、余志林、黃庭軒、林啟軒、吳惠行、金勇毅、張凱量、朱達麟、葉肖威。經過了三日的友誼賽及選秀，他們都認識了其他四區的代表。每區十二名青年高手同場較技已經難得，這次還有NBA各球

會的經理人和教練團在選秀，意義更是重大，真如夢想達成一樣。

「我終於站在NBA球隊的場館裏打球，這個夢成真了！」青藍深深呼一口氣，抬頭望着看台上的工作人員、教練團隊，人人都忙着觀察、討論、書寫、報告、記錄，所做的一切一切，全都為他們六十位青年好手而設，規模之大，真是前所未有。

他再看看整座麥迪遜花園球場，燈光、看台、分板、籃框、地板……可想像到嗎？Kobe Bryant、Carmelo Anthony、LeBron James、Kyrie Irving……等等，每晚都在施展神乎奇技，每晚都在享受千萬人的掌聲和歡呼聲。

「我剛才在第一輪的選秀賽中，面對日本青年軍——村上明，我狠狠地連入三球。我——殷青藍，首次在麥迪遜花園球場轟入三記三分球。」青藍閉上眼幻想——場館滿了座，觀眾向他報以近乎瘋狂的掌聲。

在這場館內人人皆興奮，全情投入爭取上佳表現，希望心儀的球隊能選中自己。此刻，抄截到一球的黃庭軒，兩三步已逼近對方的三分線，邁開大步飛身上籃，在韓國的對手面前大力入樽，登時引來全場驚艷的目光。

黃庭軒，港區首席小前鋒，豈容忽視！

不過，中國和台灣的高手怎會是省油燈？那個來自廣東的朱子文與台灣SBL聯賽的新星蔣永家鬥得極度火熱，你進一球三分，我回你一記花式上籃，二人對攻對守的場面，吸引着教練和球員全神貫注地欣賞。

別忘了！六十人大軍中，還有日本的上本直宏呢？他未上陣已引來傳媒追訪。六呎六吋身高，帥氣型男，陽光氣息，來自沖繩的中日混血兒，父親是退役的日本國手，更曾在NBA帝王隊打過兩季的上本龍。

至於韓國的金守仁，是個強悍無匹的防守專家，「盯人」技倆出眾，即使精於單打獨鬥的高手也不敢輕言將他扳下。中國山東的中鋒何山也替他取了個外號──「金鐘罩」：「別嘗試撞開金守仁，你撞不開！也別讓他罩着你，你闖不過！」

終於，經過了三天的選拔，親身感受過NBA式的初步訓練，這些來自亞洲五區的青少年好手，全都戰至力竭筋疲。

「過癮啊！好痛……好痛快！」王凱和金勇毅帶來了家傳跌打酒，分給隊友互相搽、捏、推、揉。

這時，負責港區代表隊事務的 NBA 球團領隊華全漢走進來，未開腔便給跌打油氣味攻得一時嗆咳起來。「Oh My God！你們的藥酒比中國隊和台灣隊的更辣！」

青藍、王凱等人都大笑起來，青藍道：「華先生，家傳秘方，要嗎？我叫家人寄些給你！」

華全漢是本地華僑，西方生活才是他的主調。他掩着鼻拒絕了，道：「入正題吧！明天早上九時公佈選秀分配名單，十時出發前往不同城市，所以今天晚上的聚餐是你們十二人的最後晚餐。別過後，兩個半月後才會見面。你們的訓練為期三個月，最後兩星期會重回這裏進行一次『資格選拔賽』，看看你們有沒有人能得到本地 NCAA 名牌大學教練團或者 NBA 發展聯盟的青睞。」

眾人聽見後，一陣不捨又一陣興奮，他們都彷彿看見自己展開夢想之翼，正向着小時候的夢想振翅。

那天晚上，這班亞洲小將遊覽了紐約市的景點，也感受到國際大都會的五光十色，眼界無限開闊。特別對於出身「井城」的青藍來說，天空下的大城，眩目得令人神往迷醉！

夢想之地，異國文化，籃球王國的東岸重鎮，全美傳媒的焦點──紐約市。它，早已習慣活在鎂光燈下；它，早已是尋夢者、淘金者的天堂。此次NBA集訓之旅，足以證明這城的非凡魅力，犀利的傳媒追訪，廣泛的媒體報道，優質市場導向的公關策略，將北美四大運動之一的籃球項目，包裝成商業價值、社會服務、體育交流和推廣集於一身的「Big Project」，搶盡世人的眼球，是全球視線焦點之所在！贊助商、廣告客戶等等凡沾上邊的都來參與，彷彿叫球員在踏進球場前，先走一條紅地氈，停下、拍照、另一面轉角度、再拍照，簽名，接受採訪和拍攝。

故曾有人說：「純粹想打籃球的，不宜到紐約，不宜加入NBA；想打籃球又名利雙收的，這裏會很適合你。」

這個籃球夢，在這裏，根本是個紙醉金迷的夢。

2 選秀

翌日，一眾球員收拾行裝，便出發往「NBA亞洲青少年集訓」的選秀會場，等候三十隊NBA球隊的選拔結果。其實這不過是一場Show！各隊選拔兩位球員參與訓練，在場的記者、大學球探等等，志在得個印象，與真正的年度NBA選秀大會差天共地。

然而，這場Show已足叫青藍和一眾亞洲球員心情興奮了。

「我很想到鳳凰城太陽隊啊！我希望他會選我。我超喜歡這隊！」剛認識的中國球員白勇跟王凱大談對各隊的看法。

王凱也興奮的回應：「我也想到歷史悠久的波士頓塞爾特人隊去！那是『大鳥』Larry Bird 的英雄地！」又問：「你們呢？想被哪一隊選中？」

這問題正好打開六十人的話匣子。在旅遊車上議論紛紛，韓國的金守仁想被馬刺隊選中，金勇毅想被金塊隊選中，黃庭軒和台灣的張恒都想被芝加哥公牛隊選中……

「青藍，你呢？」王凱問。

青藍聳聳肩，正想回答……

「哼！你們真可笑！不是我想被哪隊選中，而是哪一隊想我參與他們的訓練！」不大純正的廣東話，夾雜一句日文，在車尾傳上來，冷冷的終止了熱烘烘的話題！

他——日本代表——中日混血兒——傳媒追訪對象——上本直宏，不可一世的站起身，掃視所有球員，輕輕一指殷青藍，用近乎零度低溫的語氣道：「你們都想被選，我卻沒所謂，因為我是等待被邀的。」又道：「殷青藍，是吧？香港代表啊！前天選拔的表現很了不起啊！果然有其父必有其子嗎？我父親上本龍，跟你父親交過手，我爸說：太陽殷耀榮是唯一一個在單打上贏了他的亞洲球員。今天，我作為兒子的，會好好為他挽回面子！」

車廂內一陣死寂，只得黃庭軒和徐風輕聲私語：「竟然……是殺父仇人？天下間巧合的事無奇不有啊！」

「這個上本直宏由第一天開始已經不可一世啦！簡直由開始已經交足戲，Chok到尾！我們中、港、台三地的球員都覺得他高傲自大！」徐風對上本直宏嗤之以鼻。

殷青藍就是硬淨，他站起來正面向着上本直宏，報以一個微笑，說：「隨時歡迎！」

短短的三十分鐘車程快要結束了，車廂中又回復了歡笑嘻鬧，上本和青藍的恩怨相認不過是小風波，眾人都置之一笑，懶得理會，只在乎自己會被哪一隊選上。

最後，在這場「公關傳媒Show」成分極重的選秀會上，一眾亞青菁英均被「分派」到不同的球隊，於熱熱鬧鬧的掌聲和刺眼的閃光燈下有了結果：

球隊	選拔球員 1	選拔球員 2
波士頓塞爾特人	香港・王凱	韓國・崔正源
布魯克林籃網	韓國・金守仁	香港・徐風
紐約人	香港・殷青藍	日本・上本直宏
費城 76 人	台灣・鍾月山	中國・宋日之
多倫多暴龍	中國・柳樹明	日本・淺倉忍
芝加哥公牛	日本・木村平	韓國・方智孝
克里夫蘭騎士	中國・洪廣傑	台灣・何思如
底特律活塞	日本・佐滕三知	日本・河田正雅
印第安那溜馬	韓國・河石原	台灣・李定山
密爾瓦基公鹿	中國・黃健國	日本・吉村毅
亞特蘭大老鷹	韓國・扑志星	中國・游立志
夏洛特黃蜂	台灣・蔣偉林	日本・田村正德
邁阿密熱火	香港・黃庭軒	台灣・霍得健
奧蘭多魔術	日本・上川英秀	中國・韓尚哲
華盛頓巫師	台灣・劉宇星	韓國・車炫太
達拉斯小牛	中國・元軍	台灣・蘇榮山
休士頓火箭	香港・余志林	日本・櫻木原太
曼斐斯灰熊	中國・張華	韓國・扑太正
新紐奧良鵜鶘	香港・吳惠行	台灣・丁一鋒
聖安東尼奧馬刺	韓國・金雨行	日本・中居太郎
丹佛金塊	台灣・許文彬	香港・林啟軒
明尼蘇達灰狼	台灣・洛志文	日本・安田原文
奧克拉荷馬雷霆	韓國・宋泰榮	香港・金勇毅
波特蘭拓荒者	中國・張日光	日本・秋山英夫
猶他爵士	香港・朱達麟	韓國・金竹義
金州勇士	台灣・李恩浩	韓國・申興恩
洛杉磯快艇	香港・張凱量	台灣・葉志朗
洛杉磯湖人	中國・凌飛	香港・葉肖威
鳳凰城太陽	韓國・元真	中國・蘇力行
薩克拉門托帝王	香港・戴樂行	中國・江富生

隨着成績公佈，例行的球衣贈領及傳媒拍照後，NBA 主席 David Stern 向眾球員勉勵一番，然後輪到這次「NBA 亞青集訓」的統籌主席——NBA 名人堂球星——魔術手莊遜向大家宣讀集訓規條：

「由下一刻開始，你們各歸球隊管理，一星期五課操練，跟隨各隊的青年隊及正選球隊一起受訓，機會極難得。而未來的兩個多月，我們期待你們極速成長，在最後的重聚日中，展現你們的特訓成果……」

眾球員在一輪又一輪的訓勉下已感血脈沸騰，雀躍興奮，穿上被揀選的球隊球衣，球衣上繡上自己的名字，心情激動得難以形容，王凱、青藍、徐風等人交換眼色，像在擊掌振臂的宣告着：「夢想成真！」

3 第一課單打

常聽說：仇人見面，分外眼紅。殷青藍與上本直宏竟巧合地編排在同一隊中──紐約人。

「也好啊！青藍，同一隊才有機會要他輸得心服口服！」「徐風說得對啊！青藍，上本的父親曾敗給你的父親，現在兒子要來報仇，就狠狠的教訓一下他吧！」王凱和徐風在臨別時跟青藍聊着。就連天坪學院主力黃庭軒都插口道：「打倒日本仔！他是中日混血兒，漢奸！你別做東亞病夫！」

殷青藍聽着好笑，他根本沒打算要幹什麼，更不打算要打倒日本仔，只是心忖：「啊！老爸年輕時樹敵真多！」他道：「好了，你們上車吧！兩個月後見。凱、風，你們二人跟我最近，假日可約出來玩吧！」

三人點頭、擊掌、說再見。王凱還說：「喂！聽說紐約多黑幫，你晚上要小心，別進黑人區，危險呀！」又道：「他們的街場有很多高手，可去見識一下，但一切小心。」

青藍嫌他煩，推着他上車，道：「行了，我會自己照顧自己。你也要小心！別輸給別人太多。哈……」

突然，一把冷冷的聲音在背後傳來，上本直宏在青藍身後道：「你先顧好自己吧！教練召我們到場館了，還像個小女人般依依不捨嗎？」

青藍跟王凱揮別後，回頭便道：「你好像很不滿我啊！有本事在球場上比高低，別來跟我嘴上鬥，多無聊！」

上本直宏冷哼一聲：「放心，你的 NBA 夢會由我一手摧毀！不想如此，好好盡力跟上我吧！」

有競爭才有進步，有死敵般的競爭，進步才會更大。一切都彷彿是神的安排，讓青藍在 NBA 的集訓中遇上好對手，為了不落其後，果真鼓起了萬二分勁力，拚命、投入，竭盡全力完成球隊的訓練要求，連教練團都對這兩位亞洲球員投以欣賞的眼光和對未來的期望……

「這兩個亞洲來的年輕球員表現不俗啊！」

「我們紐約人青年隊中四十多人，分了A梯、B梯，姑且把這兩個十七歲的小夥子放在B梯吧！」

「對！觀察一星期的訓練，反正我們的訓練跟紐約人隊的一模一樣，誰撐得住才合資格打NBDL和NBA。」

「言下之意，是說這兩個亞洲小子有能力打嗎？我看還差一大截吧！」

「不會！那個日本小子很努力，而香港小子的天分極高。二人只是欠了點力量和對抗能力，多操練該可以應付，而且，這是市場啊！你明白嗎？」

紐約人隊的教練團分作主隊、青年隊、NBDL隊，各隊的操練模式基本一致，當然還得加上針對性和專門性的加強操練。飲食、器械健身、跑步、按摩紓緩、專業運動醫療等等的配套恰如其分地為球員度身訂造，不管你是青年隊、NBDL還是NBA的球員，

都得服從及參與。整個教練團人數之多，豈會是青藍想像得到的呢？光是傳球訓練的專門助教都有十多人，還沒計算球星的私人教練，各項技術有各門專才，每次訓練都在成就球員在場上的勝利，相比起港區的學界球隊訓練，甚至港隊的訓練，實在是高天和深海的差距。

剛來到第一天的第一課，教練團便已針對他和上本直宏的表現作出深入剖析，由身高體重以至各項技術層面的觀察，再找來NBDL級數的球員作一對一試練，叫青藍既緊張又興奮。可惜的是，由於過分緊張的關係，導致他先手頻頻，左支右絀，窘態百出。

直到他看見表現自如的上本直宏，竟能跟一個六呎六吋的白人小前鋒鬥得不相上下，便知道自己第一輪的表現是多麼不堪入目。

「你不會讓我們失望吧！剛才太緊張了？」青年隊教練團首席教練基達斯輕輕拍着青藍的肩頭，笑着道：「你知嗎？我看過你的檔案，原來你爸爸是殷耀榮，我年輕時在歐洲打聯賽時，跟他交過手，他很厲害，而你，該有他的遺傳吧？」

青藍萬料不到這位高個子教練竟也是老爸的老對手，心中不期然肅然起敬，忖道：「老爸原來有仇人又有對手，真的盛名響亮，我怎能丟他的臉？」

「教練，我會全力以赴的，不會令你們失望。我可以再打一場嗎？」青藍走進球場，指着在場邊飲水的黑人對手──青年A隊主力小前鋒──堅尼．馬田──六呎七吋高，下季選秀狀元的十強人選之一。

堅尼．馬田見青藍指着自己，竟點頭同意再打一場：「教練，再來吧！我看這小子要給我再狠揍一頓才開心！」

於是，上本直宏的單打比賽突然暫停，教練團決定給青藍多一次機會，面對這個暫時是青藍遇過最強大的對手──堅尼．馬田！

十五分定勝負。

9：0！青藍領先！

「吁……吁……再來！」喘氣的，竟然是堅尼．馬田？「吁……吁……頂硬上！這小

子變了另一個人！」

不差啊！在堅尼．馬田眼中，他彷彿看見了金州勇士隊的神射手Stephen Curry，在自己面前一而再地左盤右扭轟出神準的三分球！「活見鬼！這小子瘋了嗎？」

11：0。兩分鐘內，青藍連入三個三分球，一次上籃得分！

堅尼．馬田已收起剛才的輕敵態度，心想若被這矮他五吋的香港仔打得落花流水，顏面何存？可惜……在短短的十五分賽事中，他只能仗着身高優勢強攻猛打得了幾分，卻無法追上，有時被青藍干擾射失，有時被青藍抄截得手，再施展Fade Away Jump Shoot絕技，一舉擊殺！

最後戰果是……15：9。

Wow……Oh……Nonono……Incredible……

在場的除了上本直宏外，教練和球員都讚不絕口。基達斯教練更上前與青藍擊掌！

「堅尼，你太輕敵了，所以輸了理智，不是輸在技術！」

同時，在上本直宏的心裏，是這樣想：「厲害！但，我不會比你差！我一定要打敗你。」

4「教練，我想放棄了……」

原來，當一個職業球員，是比死更難受的。

跑步：中長跑、短跑、段速突破、拉橡筋跑……

舉重：各種肌肉的訓練，全身上下給打造成筋肉人。

跳繩、跳梯級：跳躍訓練，提昇彈跳力。

戰術：各門攻守的策略，複雜難懂。

射術：中距離、三分、遠程、罰球，在不同位置不同角度的接球投射和走位投射……

防守：緊逼、聯防、協防、錯位防守、對位防守、人盯人、距離判斷、位置判斷……

真的，原來，當一個職業球員，訓練的力度和深度，真的會叫人生不如死。

「但怎麼他們能捱得住？」青藍如一座倒塌的城池，頹坐在球場一角。看着一班新相識的美國籃球好手，艱苦的鍛煉，非人的特訓，確實使自己明白NBA的夢想追近了，卻好像仍遠在天邊。

其實青藍和上本二人的體能也不差，只是NBA的訓練真的非同小可，來了一星期，每天早上和下午均要操練，體能訓練、舉重訓練、專項訓練、戰術訓練、觀看比賽及檢討，每天都和籃球一起生活，手上、腦裏、夢中，都是籃球，精神狀態在極不適應的情況下快要虛脫。可是，一眾紐約人青年隊和正選球員都極輕鬆自如，特別是當他看着Carmelo Anthony貴為超級球星，都服從教練團的指示，以及完成私人教練的苛刻要求，便知道要成為球星，並不只是每晚搶幾十分，抓十幾個籃板，送出十幾次助攻，而是在這些之外，還要加上「頂硬上」的訓練，都要付出120%努力來打好根基。

「我可以嗎？吁……真的很辛苦啊！舉重、來回跑、射籃……我全都懂，但怎麼會有捱不下去的感覺？事實上我又不是捱不住，卻好像不似以前。」青藍的表現其實不俗，問題是他總會懷疑自己，以前有隊友的嘻嘻哈哈、擊掌鼓勵，今天人生路不熟，同被揀選的上本直宏又格外冷漠，主理他們的教練基達斯亦好像機械人般，一味只是訓練訓練和訓練。

忽然間，「放棄」二字首次出現。

直至——一記冷箭穿針三分球——狠狠的把他刺醒！出手的，正是上本直宏。

「你怎麼了？你以為自己在防守幼稚園生？」同隊的黑人球員莫爾一手拍來，道：「你回幼稚園去吧！」

被隊友這一罵，即惹來一陣陣嘲笑聲，垃圾話滿場飛。青藍的頭垂得更低，「放棄」二字，第二次出現！

「停——」打了三十分鐘練習賽，青藍魂遊了二十五分鐘，守又守不住，攻也攻不來，還連累隊友被教練罰做體能運動。上本直宏走過來，斜視着他說：「早說過，你的NBA夢由我一手摧毀！我在你面前射入了四個三分球！我取了二十分，在短短三十分鐘內，你呢？」

我？零分。零助攻、零籃板、七次失誤，在短短的三十分鐘內。

這一刻，青藍完全接受不了自己的不濟，更想起初來埗到，一口氣打倒青年A隊的堅尼．馬田，當時意氣風發，神奇表現叫人嘖嘖稱奇，豈料現在一星期的尾聲來了，自己的NBA夢也該是時候夢醒了。

教練基達斯走過來坐在他身旁，剛好，這一節操練完結，球員暫時離開場館，只剩下上本直宏和兩名助教練習投籃。

午後五時三十分，一個來了一星期的亞洲精英球員，萌生放棄念頭，被教練罰坐一角，沉默反思足足四十分鐘。

「怎樣？夢想成真了？」基達斯走過來，跟青藍說：「反省完了沒有？今天的課是你這星期練得最爛的一課，你完全跟不上我們的節奏。你的NBA夢呢？在哪？」

青藍望着在練習罰球的上本直宏，不服輸的心跳動着。「我知我可以打得更好，但我不習慣這密集訓練，我不習慣……」

「那你習慣為失敗找藉口嗎？」基達斯截住了青藍，還遞上一本似曾相識的日誌——他父親太陽殷耀榮的訓練日誌。「前幾天跟你提及過，我年輕時到過意大利打聯賽，那時你父親真是個高手，厲害！」

青藍默然點頭，知道自己做得不夠好，丟了老爸的臉。

基達斯翻開日誌，道：「別垂下頭！你看，這是他前天寄給我的。我看後也驚呼一聲呢！你們一班隊員是怎麼捱過他的訓練的呢？」

青藍看着日誌，舊日的片段也叫他啼笑皆非，每天抬石油氣樽、拉車胎、跑樓梯等等「平民式苦練」，對比今天在NBA球隊裏的高科技特訓，實在反差極大。但轉念一

想，沒有昔日的刻苦，根本沒有今日的他。

基達斯又道：「唉！你和上本跟着我訓練，我看啊，上本直宏很努力，下星期開始，他可以跟青年A隊集訓，他們是發展聯盟的球隊主幹，有機會的話，我想讓他上陣。」

殷青藍看着上本剛才練投三百球中距離跳投，現在練投一百記罰球，又聽見基達斯的讚美，心中竟妒忌着。基達斯從他的眼神中，開始看見一丁點火種，於是繼續挑釁：「你的NBA夢成真了？滿足了？」

「當然未！」青藍猛然搖頭：「那我呢？我比不上他嗎？」

基達斯豪邁的大笑着，也搖頭：「他很努力，比你更努力，可是，你可以打上NBA，而他是NBDL，你明白嗎？」

「什麼意思？」青藍帶點驚喜又半信半疑。

基達斯摸摸青藍的頭：「小子，你老爸當年在歐洲籃壇叱吒風雲，我也有幸跟他交手。前天我看了這本訓練日誌，我更驚訝於你的意志和天分，真的，太陽殷耀榮的兒子豈止技窮於此？

「你說你適應不了，習慣不了，但依我看是你未試過放開懷抱吧！我們的高密度訓練跟你老爸的特訓其實差不多，只是形式上不同而已，你的能力根本未盡發揮。上本的實力不比你差，可是你的潛力無限啊！小子，你真的想當個幼稚園生？」

明白了，開竅了。殷青藍看着上本直宏，看着父親的日誌，看着整座場館，想像自己的夢想，背上生了翅膀，羽翼漸豐……

「教練，下星期的青年A隊特訓，我想參加，可以嗎？」青藍堅定的道。

基達斯知道這青年的戰心回來了，便再度挑戰他：「以你今天的表現，我讓你加入A隊，恐怕難以服眾，而且連上本都不會同意吧？除非……」

「除非什麼？」殷青藍磨拳擦掌。

基達斯嘴角輕揚，妙計急生，召了兩位助教商量一會，便帶着青藍走進球場，叫

上本直宏過來，道：「今天星期五，我們晚上一起看紐約人主場比賽。十分鐘後，主力球員們會到這裏熱身，主教練費雪會在場，主將 Carmelo Anthony 也會在場。我要你們二人在他們面前一對一單挑，十五分決勝負。壓力很大啊！要有強心臟啊！一眾球星看你倆黃毛小子鬥牛，要贏對手之餘也要抗壓力，如何？贏了才可加入青年A隊，接受 NBDL 訓練！」

5 一戰．敵友

黃昏，場館的燈調亮了，符合麥迪遜花園球場的燈光亮度，好讓球員們熟習、適應。

紐約人總教練費雪和三位主隊助教步入球場，跟基達斯聊了幾句，只見費雪點了點頭，又看看上本和青藍，嚴肅地打個招呼。

隨後，超級球星 Carmelo Anthony 進場了，換上7號球衣，披着外套，也打量着他倆，再跟教練打招呼了解一番，然後昂首大笑，向青藍說了一句：「小子，別輸啊！」

青藍的心頭登時一震，超級球星 Carmelo Anthony 竟在鼓勵他？到底基達斯教練跟他說了什麼？

接着，紐約人球員及工作人員紛紛到場，在教練安排下，竟列隊包圍了半場，實行圍觀青藍與上本之戰！

此刻，二人知道壓力的真正意思了。在整隊都是籃球高手中的高手面前，來個正面對決，好像大人看小孩子比賽，邊笑邊看邊揶揄邊喝采。

「盡情說垃圾話吧！」基達斯揚手，要求圍觀的球員向着他們二人大講 Trash Talk！

Carmelo Anthony 興奮道：「喂！開始吧！天黑了，我們大人要比賽呀！」

上本開始運球進攻！「殷青藍，Focus！我要來了——」

殷青藍未及反應，上本直宏已箭步搶上，右路強闖。

太遲了，聽見眾球員的Trash Talk，已足令殷青藍分心，攻防先機已失，被上本直宏壓着上籃，先取兩分。

「旁人的廢話真的好聽嗎？廢人才會聽得懂啊！」上本直宏冷冷的道：「換你先攻！」

「在意別人，不如專注對手。對啊！我要收拾心情！」青藍感謝上本所說的話，雖挑釁味道極濃，卻也不無道理。

好！就廢話少講！殷青藍左手運球佯裝切入，逼得上本追逼之際，突然袴下運球Crossover切回右邊急停，上本整個人完全被Fake！眼睜睜看着青藍在三分線上起跳，投進一記三分球反超！

3：2。

果然有兩下子！上本向青藍報以一個不以為意的微笑，像在說：「十五分一局，長路漫漫！看我的！」

換到上本進攻，青藍已全神戒備，他心知上本的第一步快極，絕不比隊友徐風慢，若不小心被甩便後悔莫及，故他整個人已做好了防守的預備，距離對手一步半，慎防他突然變速殺入！突然——變速——

又是右邊——不！

以其人之道還治其人之身——袴下運球 Crossover 切回左邊急停！

三分球，中！5：3，上本再度領先！

這時在場的球員都收起了垃圾話，所有人都專注場上的比賽，看這兩位「新丁」一對一的鬥牛。大家都是熱血傢伙，看見二人鬥得難分難解，每次攻防轉換都叫人技癢難熬，就連巨星 Carmelo Anthony 都快忍不住，跟隊友道：「我也想參加啊！這兩個新丁有我的影子！哈！」

12：12，二人第四次平手。彼此專注的攻守，把對方看得死死的，要硬闖？要壓籃？還是Step Back Shoot？一切都不能有半點差池，不能讓對手有半點空間。這刻，這個敵人，成了最了解自己招式套路的「知己」，不自覺地產生了惺惺相惜之感……

「我來了！」上本直宏再度發難，兩下Crossover運球佯右切左，箭步開弓，青藍稍慢半分已被他乘隙硬闖！

「你休想！」青藍落後四分一個身位，仍有力緊守對方，伸盡右臂從旁撥走上本的走籃，但上本落地較快，拾起地上的球也不等青藍回身，第一時間轉身在籃底補中——14：12。

輸者輪攻，到青藍把握這可能是最後一次的攻勢！圍觀的紐約人隊球員熱烈打氣。青藍看一看基達斯教練，眼神中的傲氣彷彿向世人宣告：「我·不會——輸！」

「三分球？我早看穿你了！別妄想！」上本早料青藍想以三分球作結，乾淨俐落贏比賽，故他早已微上半步，待青藍起手之際，一躍封射！「他的外投準繩度高，若給他絕殺三分，我便無力回天！」

錯了！兵不厭詐，講大話是打籃球的基本技巧！殷青藍的三分球起手式不過是虛招，就是要等上本跌入圈套——再來一個鬼影式的突破——完完全全的甩掉對手——單手飛行式入樽！

Wowowowowowowowowowowowowowow——轟！

入樽後，籃框的餘震嗡嗡作響，上本直宏的心也隨之跳動着，剛才不過一秒之間，殷青藍快疾的第一步如毒蛇吐信，砰嘭一聲便把分數再度扳平——14：14！

球員和教練們都興奮拍手大叫，讓殷青藍享受着掌聲，也享受着找回自我的喜悅。

「喂！上本，平手而已。未完，認輸？到你進攻啊！」

上本接過青藍的傳球，站在三分圈外，呆了三秒，然後再度泛起笑容。「難怪我爸說你的父親是個難纏的好對手，他的兒子也不遑多讓！」此刻，在上本心內熱血翻湧，興奮地笑了起來，他清楚知道面前的殷青藍確是一個好對手！

青藍聳聳肩，也附和着笑：「我是我！你也是你！我會比我爸更出色，你也不會是弱者吧！」

「那個當然！」上本準備發動最後的攻勢。「你要防我的遠距離投射啊！」

「我早防好了，怕你？」

知己，就是最了解自己的敵人，的確有趣！

突然問，上本的球還未投出，一記超遠程的三分球從半場外、從圍觀的球員圈外、從場館的側門入口——直轟入籃網中——穿針命中！終止了上本和青藍的比鬥！

眾人登時回望球向的原點，看見出手之人。他一身嘻哈打扮，鋼條身形，遠看像極Kevin Durant！認識他的人十居其九都心中叫慘，或是嗤之以鼻！

他叫艾素．夏威——總教練費雪的「麻煩契仔」——紐約人隊中無人不識的「天才街霸王」！

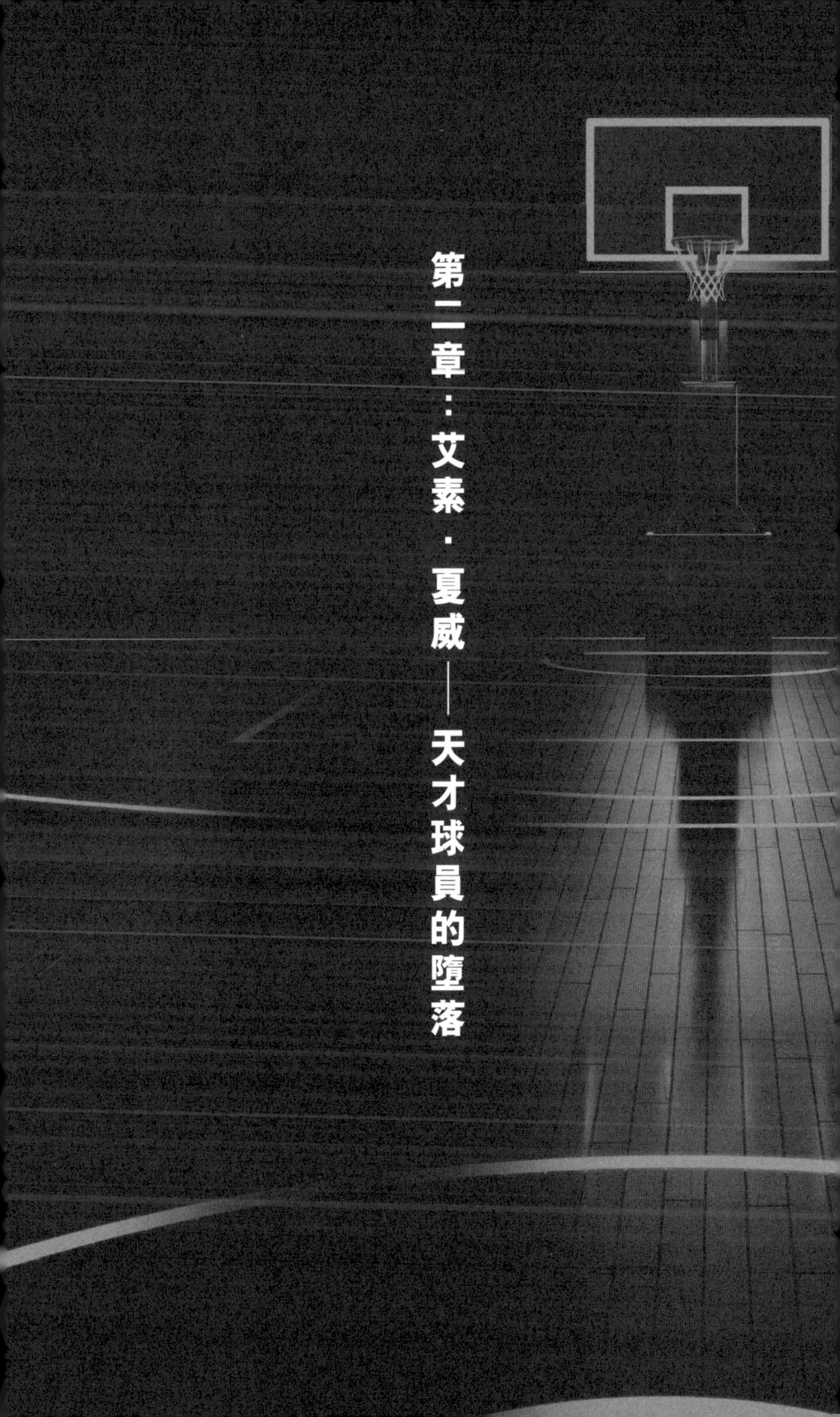

第二章：艾素・夏威——天才球員的墮落

1 歲月·街頭

艾素·夏威從沒見過親父一面，聽母親伊林說，他是個籃球員，曾打過NBA，有風光的時候，好像是洛杉磯湖人隊不知哪一年奪總冠軍時的成員之一，故他的老隊友費雪——現任紐約人隊總教練，是他的老死。

「你爸不過是沾人的光，幸運地得了一隻冠軍指環而已。他每場上陣不過兩三分鐘，是大大大大大後備！」母親伊林說。自從父親死後，母親便帶着他兩兄弟返回母城紐約居住，在布魯克林區租住一個小單位，獨力支撐着。

他的母親是個洗衣工人，丈夫死後，她先後交上兩個男人，每日都為養活艾迪和艾素兩兄弟而掙扎。艾素還有一個哥哥——艾迪·夏威，可惜在三年前一次幫派仇殺中被槍手轟斃了。那一年，是艾素最痛苦最黑暗的一年。

「哥，爸是個怎樣的人？」艾素跟哥哥每天都在街頭籃球場上過日子，除了上學外，紐約黑人區大大小小的街場是他倆的第二個家。

艾迪剛打完一場，坐在場邊喝水，說：「小鬼，爸死時我才兩歲，都過了十六年啦！怎記得呢？我只知道他很高，手掌很大。幹嗎問這？」

艾素看着哥哥右臂上的紋身──一隻火鳳凰，就想起常來探望他倆的費雪叔叔。「哥，上次費雪來我們家時，母親對他很感激，是因為他一直都替我們作擔保人，幫我們找學校，讓我們有讀書機會嗎？他還說過老爸曾經單場獨取四十分的故事啊！」

艾迪笑着，摸摸艾素的頭說：「我們朗斯高中籃球隊有你和我加盟，紐約區高校聯盟總冠軍指日可待啦！小鬼，不管老爸是個大後備還是如費雪叔叔說的四十分英雄，我們也得活下去啊！別回頭看！要看前面，前面的對手等着你啊！Go！」

沒錯！被喻為「暗黑街」的街場共有五個，最難打入的就是他倆此刻身處的戰場──「暗黑 Iron Court」！在這打球的都是高中聯盟以至 NCAA 的高手──全黑人高手──這裏，從不歡迎白人球員。

混了十幾年街頭，艾素兩兄弟的故事，不過是眾多黑人青年的小片段，要出人頭地，只可靠三招：一、運動；二、幫派；三、讀書。

死命的運動博取獎學金，讀高中、大學，再走進職業運動員生涯是第一招。死命的為幫派工作，毒品、劫掠、非法勾當，然後當個老大是第二招。最後一招是死命的讀書，專心一志考取獎學金，讀專科，當個專業人士。

在這三個方案之中，紐約黑街的青年人，多多少少都選擇了一條不歸路，而艾迪・夏威的右臂上，紋上一隻火鳳凰，其實又是另一個故事了。

回說「暗黑 Iron Court」場上，十六歲的艾素面對比他高壯的對手——高三的比爾・希古路，表面勝算極低！

比爾・希古路如一隻強壯無匹的大黑熊，張開雙手防守着，還說：「艾素小鬼，別妄想我會再輸第二次！」

艾素在比爾面前不斷 Crossover 運球，時進時退，左右變向，叫比爾難以捉摸。他道：「你仍記得上次輸得很醜？那今次會更不堪！」

話甫說完，被喻為「Iron Court五霸」之一的艾素．夏威已使出控球神技——Inside Out運球變向，右手運球假裝向左切入，卻虛幌一招突然變速從右突破，在「大黑熊」比爾的腋下穿過——擺脫上籃得分！

Nickname幻影手的艾素．夏威，再度輕鬆取勝！

自著名NBA球星Stephon Marbury在這個「暗黑Iron Court」消失後，接近十五年沒人夠膽自稱「Iron Court霸主」而沒人異議！但這一年，有五個黑人青年好手，在這裏宣示主權——暗黑的布魯克林區第五號場「Iron Court」，由我話事！

「火鳳凰」艾迪．夏威——朗斯高中三年級．籃球隊主力小前鋒。

「幻影手」艾素．夏威——朗斯高中一年級．籃球隊主力得分後衛。

「雷電槍」雷奧．米拿——2014年全美最佳高中籃球運動員，其伯父是傳奇射手Reggie Miller。

「裝甲車」柏拉圖・奧本——街霸球隊 Killerhop 主力中鋒，高一輟學，加入幫派——地頭龍。

「醜鬼」尼特・告魯斯——被親母遺棄的街童，柏拉圖的「兄弟」兼 Killerhop 正選控球後衛。

2 那一場意外

「你倆終日在街場混，跟那幫小混混一起打球，你們要小心！街頭籃球好玩，但別跟街頭幫派的人混在一起！」母親和費雪叔叔不止一次告誡艾迪和艾素。

艾迪不以為意，冷冷的回應：「他們從沒招攬我倆加入幫派，大家只是打球的朋友，我們很清楚！」

這一年，費雪叔叔獲紐約人隊邀請當上主教練，也當上朗斯高中籃球部的客席顧問，他道：「你們要努力打球，似你們老父一樣，當個出色的球員，打上大學賽，參加NBA選秀，加入NBA球隊……」

艾迪截住費雪的話：「但媽說老爸不過是湖人隊的大大大大大後備而已，是O'Neal的第二替補。」

費雪頓了一頓，望着他倆的母親伊林，眉頭緊皺，心中責怪她說話不盡不實，完全抹黑了這位已逝世的好友。「艾迪、艾素，聽住！每位NBA球員，不論是正選還是替補，甚至是別人眼中微不足道的陪練員，都非常專業、投入，能在NBA球隊打球，都不是普通貨色。」又向着艾素道：「在我而言，你兩兄弟天分極高，肯定是遺傳了老爸的基因。我送你們上寂寂無聞的朗斯高中，你們卻幫助這學校踏足高中A級聯賽的門檻，更取得十連勝，這代表什麼？代表你倆是明日之星，但若跟街頭幫派扯上關係，命運隨時逆轉！」

兩兄弟被費雪一番話完全制住了，欲駁無從。他倆清楚知道，這十多年來，他是這個家的恩人，是母親口中的天使，無論讀書、打籃球，都得到他的幫助，還安排他倆加入紐約人青年隊，為未來鋪路。同時，哥哥艾迪已一躍成為全美高中明星級球員，拿大學獎學金沒問題，加入紐約人夥拍 Carmelo Anthony、Tim Hardaway Jr. 等球星指日可待。

「週末的高中A級聯賽到了，你倆的四強對手可是前年的冠軍，別在這之前出什麼亂子。我聽聞最近『地頭龍』跟另一幫派在你們的球場附近有不少衝突，別過去。」費雪再次告誡後便告辭了。臨走前還回身叮囑：「好好地贏一場漂亮的比賽！」

過了幾天，週末的高中A級聯賽是全國直播的賽事，是全美高中籃球的盛事，是各地大學尋找籃球尖子、心水球員的平台，因為能打入十六強才有機會直播，所以一直以來，各地大學、NBDL及NBA的球探和教練團都對高中A級聯賽虎視眈眈。

紐約，是美國的夢幻都市，傳媒高度集中的視線焦點，在這兒的高中A級聯賽四強戰，跟 NCAA 和 NBA 沒太大差別，關注度百分之一百。

首場比賽完結，A 線的兩隊：希士頓高中白狼隊以十分之差輕取博達高中學院武士隊，緊接下一場是 B 線的四強戰：朗斯高中藍鯨 VS 希寧高中銀影。

但是，艾迪．夏威還未見人！

慘了！得分主力未見影蹤，對手是前年冠軍、去年季軍，五位正選主力已獲名牌大學獎學金，其中一人更想直接加入 NBA 選秀。這個人，正正也是「暗黑 Iron Court」五霸之一——「雷電槍」雷奧．米拿。

相反，隔了十年才重臨 A 級聯賽的朗斯藍鯨，這一兩年才憑艾迪兄弟打出名堂，重返最強高中聯賽，卻在這關鍵一戰，如費雪所言，出了亂子。

「艾素，你哥在哪？」教練和隊友都追問。

艾素也自着急，不知道哥哥正前來還是什麼？他昨天在 Iron Court 打球後，哥哥便跟「裝甲車」柏拉圖走了。「我跟他去越南龍城幫的球場挑戰！你先回去。」

「艾素，你哥在哪？比賽要開始了。」隊友繼續追問。「我真的不知道，昨天他……他去了找……阮志成……越南……」

「哎呀！那不是說好了比賽要緊嗎？地頭龍跟越南幫的事，干他事麼？」知情的隊友都在抱怨，在焦急。

第一節，開始了。

第二節，艾迪在旁述員的口中被評為避戰的懦夫，或被揶揄為朗斯藍鯨的秘密策略。「看來藍鯨隊是不想在白狼隊面前盡露本錢，認為不用艾迪．夏威也可擊敗銀影隊吧！哈……」

相信只有藍鯨隊上下才知底蘊，也只有艾素．夏威最清楚哥哥不在對他的影響有多深。費雪坐在席上，已着人到處找尋艾迪，他在暫停時，對艾素道：「你哥不在，我已叫人去找，你是球隊主力，別分心，替哥哥打下去，別放棄。」

艾素．夏威的確是信心動搖，但看見隊友們奮力付出，實在不能再軟弱下去，只道：「哥，我不知道你發生了什麼事，不過這場球賽，我會為你勇戰的！」

第一節剛完，比數咬得尚緊，朗斯藍鯨落後四分，24：20。

「你似乎未盡全力，是擔心哥哥吧！」雷奧．米拿單節射入全隊最高分的十五分，全是三分球，弄得全場氣氛熱熾高漲！到了第二節，藍鯨派出專人緊盯着他，可是對他而言，緊盯如蚊叮，一撥一揚已足夠應付，還有空繼續大放垃圾話，打擊艾素．夏威。

「前天你哥跟裝甲車一同到越南幫踩場，贏了他們最強一隊，你知道他們的賭注是什麼嗎？」雷奧左移，跟隊友做一個順擋，一邊出手一邊道：「賭五公斤海洛英呀！」三分命中！「你哥應承幫裝甲車出賽，是在販毒呀！他根本是被人利用了，還以為是朋友打一場比賽！天真！」

「你說夠了沒有？我不會信的！」艾素接球在手，兩下子已壓過對方球員，博得夾擊一下傳予籃下隊友，輕鬆追回兩分。

「咦！傳得很漂亮啊！幻影手，如果你哥在場，我真的會怕，但只有你，哈！幹得出什麼樣？」雷奧愈說愈有挑釁性，試圖擾亂艾素的心神：「老實說，裝甲車也叫過我，後來我拒絕，他才找你哥。我想……他原想找你，不過你哥頂替了你而已。他們Killephop 欠的是得分後衛，不是小前鋒！」

「你才十六歲，太小了，他可不想你冒險，真是愛弟心切呀！」雷奧得勢不饒人，如狼似虎的轟了兩記中距。比數在五分鐘內拉開了，銀影打了一小段 12：4 的攻勢。

「冷靜呀！艾素，你要冷靜！優勢一定再回來的！」艾素跟自己說。教練叫了一個暫停，阻阻對手的氣勢。

教練跟大家說：「什麼也不要想，只想比賽！缺了艾迪，卻不可缺了士氣。我們多打High-Low戰術，艾素利用高位單擋切入，雲斯在零度位等候發炮，艾素一定會找到你！」

隨着大家擊掌以示團結，士氣重振起來，藍鯨的三分射手雲斯絕非庸手，雖然風頭不及艾素，技術卻絕不差勁！在餘下的第二節中，艾素利用單擋及高超的運球技巧，不時上籃得分，或傳給在零度位等開火的雲斯，一舉擊殺！

到底艾素想往左還是右？防守他的球員被他的晃身假動作舞得團團轉，兩下後手運球後又突然出手射一記三分，又或者施展閃電第一步切入，然後交給「三分炮」雲斯。一時間，觀眾的情緒繃緊着，分板上又變成40：42，藍鯨只追剩兩分！

不！是反超一分──43：42。

艾素後轉身擺脫了夾擊的雷奧，左手快傳，連手影都捉不到，雲斯已接應着，三分火力全開──中！

「雷奧，別以為只有你才百發百中，我隊的雲斯，正正是四投四中啊！」艾素說。

銀影的教練在場邊提示，一定要抓到艾素的手影，絕不能讓他牽着走！「他大哥不在，不代表他會認輸！別再用無謂廢話攻擊他了，沒用！正面交鋒吧！」

有機會在Iron Court打過籃球的人都知道，艾素之所以有「幻影手」的稱號，就在於他的運球變向極快，左右前後步步變換難以捉摸，更可以在高密度的移動中秒殺出手、傳球，配合他的視野和鬥心，確是難纏，如果激怒了他，更如激怒了一頭野狼，引

爆了他的「先理智式得分」。

第二節完：52平手。

第三節完：74平手。

到了關鍵的第四節，雙方已交換領先優勢不下七八次，觀眾咆哮吶喊，為所支持的隊伍大叫口號。

藍鯨，吐氣揚眉！

銀影，絕殺無痕跡！

來決勝負吧！雷奧在着火一刻絕不手軟，心忖：既然垃圾話打不倒你，就看我的真材絕學如何殺敗你！

他最擅長無球走位尋找空隙，跟隊友做了連續的單擋，擋走了防守球員，正面面對着艾素．夏威。你出手快，我也不會慢！

比賽最後三分鐘，演成了三分大賽一樣！

中！雷奧的第八個三分球！

直到現在為止，艾素已交出十次助攻、十三個籃板、八次偷球、三十二分。全場觀眾及旁述員都被他的大三元、準大四喜成績震懾着！想不到活在哥哥背後的十六歲小子，在高中A級聯賽四強戰能打出如此亮麗的成績，頃刻間，全美的球探都看上了他，把雷奧比了下去。

88：85，藍鯨領先三分。

比賽剩餘一分鐘——雷奧在暫停時獲得教練批准——緊盯艾素．夏威。

Wow……一陣陣如浪的起哄哄動着，兩隊皇牌主力直接交手了，也讓兩位皇牌球員想起了在Iron Court的鬥牛日子。

記得首次跟雷奧單打時，被他左右手皆能射三分球嚇得目瞪口呆，訝異他的左右開弓一樣神準的威力，那一次確實輸得慘烈。至於雷奧，也記得這個運、傳、射俱優的對手，天賦不下於哥哥艾迪，甚至青出於藍！

五十秒……雷奧纏住艾素，不容他接球在手。「別想擺脫我！」

艾素利用兩個單擋，勉強接應傳球，卻在半秒間已被雷奧咬住！

四十秒……艾素找不到空隙，決定強行殺入禁區，劏籃博犯規！天真！

雷奧與隊友早有默契，夾擊在暗中形成了一道高牆，難以逾越，還被雷奧從後挑走手上的球！

「犯規！」艾素呼喊着，球證猛地搖頭！

雷奧單人匹馬殺進敵陣，三分線上急停跳射，取得第四十三分，反超一分！

89：88——最後二十四秒。

「不要叫暫停！繼續！」艾素指示隊友，雷奧迎上緊盯！

秒鐘進入最後倒數，時數跟進攻時限一致！十八、十七、十六……

全場起立！鼓掌！吶喊！

艾素護球前進，防着雷奧抄截——十三、十二、十一……

「你知道你哥哥已死了嗎？他贏了越南幫，對方尋仇把他殺了，今早在第七街發生的。我住第七街，你是知道的吧！」

十、九、八、七……雷奧再度施展垃圾話攻勢，是終極最刺痛的垃圾話攻勢！

你．哥．死．了！如電殛破空轟來！艾素真的分了心！

不！假的！假的！四、三、二……

隊友在叫喊着，喊他傳球、射球……全都聽不見，腦海只得那四個字——你．哥．死．了！

一！全場完！在沒施展最後一擊的情況下，藍鯨輸掉了！艾素．夏威也輸掉了！

事後證明：警方在第七街發現了一具男性屍體，死因疑是幫派仇殺槍擊！槍手不知所蹤！同時，警方拘捕了以綽號「裝甲車」為首的一羣黑人青年，並檢獲五公斤海洛英。

此後兩年，艾素．夏威退出校隊。今年，他升上高三，朗斯藍鯨在高中A級聯賽外圍賽被淘汰出局。偶爾，他會到紐約人青年隊練習，跟費雪叔叔聊天，可是他經常遲

到、早退、缺席，就算多強也好，技術再勁亦好，青年隊的隊友和教練團都不怎樣歡迎他。除了總教練基達斯和費雪外，其他人都看他不順眼。

「聽聞大多時候，他流連街場，專門撩人單打和三打三！」基達斯跟費雪道：「真可惜！他哥哥的事苦纏他兩年了，還是放不下！」

費雪搖頭歎息：「他認定那個殺他哥的槍手是越南幫阮志成的左右手，也是街場老手，所以他終日想踩場，希望遇到阮志成的街霸隊——龍王隊！」

「那個阮志成，消失了兩年，整支越南幫都銷聲匿跡了，不是嗎？」

費雪繼續搖頭：「不，是借屍還魂才真！他搞了地下街霸聯賽，賺錢兼幹些非法勾當。四大街霸勁旅：青龍隊、白虎隊、朱雀隊、玄武隊，都是他的人。」

「所以，艾素相信，那個槍手，一定是四隊裏其中一人？」基達斯恍然大悟。

費雪沒再搭腔，默然地想起了艾素的父親，確感到愧對摯友。「梅菲啊！我沒看顧周到，令你兩個兒子終日流連街頭，唉！」

3 暗黑困鬥

回說青藍跟上本直宏的單打賽事，當艾素的一記超遠程三分球劃過場館半空穿針命中之際，眾人的焦點同時轉移到這位身高六呎七吋的青年人身上，遠看確有幾分似奧克拉荷馬雷霆隊的得分王 Kevin Durant，然而他的打球風格也有點像九十年代中期的魔術隊超級控衛 Penny Hardaway 和 76 人隊的不死戰神 Allen Iverson 的合體。

想像一下……Kevin Durant 的身形和射術、Penny Hardaway 的視野和傳球技巧、Allen Iverson 的超強控球力和打不死戰意，合此三者之大成於一身──會不是個超級球星嗎？

偏偏，艾素．夏威選擇的路，是仇恨，是歧途，是不歸路！

「你來幹什麼？」同為名宿之後的 Tim Hardaway Junior 大聲喝道。他跟艾素曾聯手打過「麥當勞全美高中精英賽」，早已視他為戰友，希望同為紐約人隊打江山，可惜艾素一心只想復仇，接受 NBA 訓練只為打造更強的自己，然後在街霸籃球上打倒強敵，

替哥哥艾迪復仇。Tim續罵道：「你滾！我們沒一個人歡迎你回來！」

十八歲的艾素攤開兩手，輕佻的開步走來，掃視眾人，輕薄地一笑，道：「是嗎？不歡迎我嗎？基達斯教練和費雪叔叔可不會啊！他們欠我和我媽的，我喜歡來便來，你管我？來一場鬥牛如何？贏了我，我走！」他拾起地上的籃球，在手上轉動：「怎樣？紐約人球星！」

在場的費雪豈容他挑釁球員？他叫眾人冷靜下來，道：「艾素，別這樣！你來找我？練球？還是有特別事？」

艾素冷笑、搖頭：「不！不！不！我只是有天無聊，打贏了第十二街那個自稱霸王龍的傢伙，然後聽見街場的人說，有兩個亞洲來的青年高手在這接受訓練，還跟我說他們強得很，比那個紐約人隊的球星Tim Hardaway Junior更厲害！所以今日特來看看！」頓了一頓，再打量着上本和青藍，然後悶哼一聲：「Rubbish！還以為有多大能耐，他倆連我哥的三成功力也沒有！」

這時，隊內的超級球星Carmelo Anthony上前搶着道：「自甘墮落的傢伙，滾回你的地下街霸聯賽吧！我們打的是國際性比賽，不想跟你們地下的非法勾當扯上關係。」又道：「如果不是因總教練的面子，我想你和你死去的哥哥連青年C隊都選不上。」

給刺中死穴的人往往只有兩種反應，一是奮力反抗，二是垂頭不語！Carmelo Anthony是何等級數的人物？他的說話分量足以壓場，他的氣勢足以叫艾素閉嘴！

但在這個不恰當時候，有不恰當的人打岔發聲——那是殷青藍，他說：「哈！我也倒想看看他們口中的天才街霸王艾素．夏威有何能耐！噢！原來就是你！」又道：「放馬過來！Come On！Let's Fight！」

青藍回頭看了上本直宏一眼，一股同仇敵愾忽地湧上心頭。上本也上前一步，指着艾素：「明早就去你的主場，讓我倆好好收拾你。」

教練基達斯本想出言阻止，正想出手之際，費雪截住了他：「年輕人的事，算吧！派人暗中觀察吧！或許這兩個亞洲人能再度點燃他的火，讓他回來！」

「我怕這兩個小子會出事。」基達斯擔憂道。

費雪想了想，喚個陪練員來：「卡達，你明天帶他們到艾素的 Iron Court 吧！好好照顧他們。」陪練員卡達明白費雪的意思，點頭答應。

翌日早上十時，第四和第五街交界的 Iron Court，立着三人，二對一——上本直宏和殷青藍 VS 艾素．夏威。

「不如二打一，省時一點！」艾素．夏威的嘴臉比昨日大鬧訓練場館時更討厭。

上本直宏跟青藍互望一眼，心頭同時火起，給對手看輕的感覺實在久違了。上本道：「不如你跟他一隊，我單挑你倆。」

青藍豈是泛泛之輩，他雖不至於像艾素般口出狂言，卻不會是個沉默退讓的人：「也不如你倆聯手跟我打一場，更好！」

哼！與其嘴上鬥，不如來點真功夫！三人都不是用口打球的，定要來個真正的較量。好戰的神經微震，似啟動三百匹引擎的超跑，艾素率先走到三分線圈外，面對上本和青藍，道：「來吧！誰先上？」

「我！」殷青藍上前一步，擺下防守動作，跟上本直宏使個眼色：「上本，我先上。」

上本直宏點頭，心忖：「也好，看看你的實力，是否如基達斯所言，有能力打上紐約青年A隊。」

比賽以十分為勝，開始！

艾素長年浸淫在街霸籃球上，運球出神入化，令青藍也為之驚訝，是他目前來說運球最純熟的對手，比隊友徐風和王凱更順更快。Crossover控球絕技在於變向快、難捉摸，配合前、後、橫移的步法，根本不能使出緊逼防守，「一上前緊逼，他便會變向加速擺脫我，但他的手法很快——」

話未完，人已過，在一記後手運球的同時，箭步搶過右路，還來個空中三百六十度大力入樽！漂亮得令人神往。街頭籃球談的是花俏嗎？不盡然，最神級的街頭籃球該是花俏與實用、力量和速度四合一。

青藍回身不及，艾素已然着地！「噢！你守得不錯，步法很快，卻還捉不到我的變向。留心一點可以嗎？」

6：0。三分鐘過了，青藍連一分都未得過！

可是青藍沒有感到半絲壓力，反而愈打愈興奮。他正在學習，在艾素身上學習他的控球步法，心忖：「真的很厲害，速度、變化、手法，絲絲入扣，偷不到球也緊逼不來，時快時慢難以捉摸。」

相反，艾素在這之後的一分鐘都無法採取任何攻勢，他的每一步都被青藍跟貼着，只有不斷的 Crossover 假身動作，企圖愰過青藍。他，額角滲汗，開始對這個亞洲新對手重新估量。「他在學我的步，預測我的變向和控球手法。」

不，青藍不單止學了算，而是在模擬、模仿——是這一下了——偷！

青藍窺見時機，在艾素第三次反復袴下運球之際，抄截了他手上的球。

「糟！」艾素暗叫苦。

「勁！」上本暗自喝采。

青藍在短短幾分鐘內成功仿照艾素的步法，摸通了他的節奏，實在令人難以想像！而更難想像的是，他把握了艾素錯愕的瞬間，閃身切入，來一記風車式入樽！

哈！艾素乾笑兩聲，這兩下笑聲複雜得很，夾着欣賞、驚喜、挑戰的意味！「小子，有種！」

「哼！更有種的陸續有來！」

段青藍所言不虛，接球在手搶先進攻，並即時施展艾素式的 Killer Crossover，左右變換運球，佯裝切入，逼使艾素緊追防守，卻忽地一個 Step Back 後手運球，三分線上 Fade Away Jump Shoot！再度命中——比分追至6：5。

上本直宏在旁看傻了眼，六呎二的段青藍面對身高手長六呎七的艾素．夏威，投籃只在半秒間，還得 Fade Away 騰空出手？「我不可以給他比下去，不可以！」

餘下的兩分鐘，二人又各入一球，艾素知道自己的步法被摸透了，竟不怒反笑，「慢慢學吧！我的變化多着呢！」他邊說邊幌身，施展了Allen Iverson的Crossover，幅度極大，球速極快，騙得青藍險些跌倒，無力回身，眼睜睜看着他反手入樽！最後10對7，艾素始終技勝一籌！

很久沒被人搶走七分了，艾素暗忖：「殷青藍，果然有兩下子，難怪基達斯看上了他！」

「喂！你輸了！」艾素嘴上不饒人。

「又如何？」青藍不甘示弱：「下次不會輸，因為我學會了。多謝你！」

「喂！」

「怎樣？」青藍跟上本擊掌接力：「到你了！替我贏回來！」

上本冷哼一聲：「我贏球，為的是自己，不為別人。」又道：「你剛才表現不俗！」

青藍正想回應，艾素卻截住了他：「Hay！你倆有興趣跟我組隊比賽嗎？」

「什麼？」事出突然，青藍詫異地問。

「怎樣？你不跟我打了？組什麼隊？」上本走上前，三人面對面三國鼎立。

艾素笑着對上本說：「我看你跟他差不多吧？一會兒再較高下。」

「那你想怎樣？打什麼比賽？」青藍確實感到興趣。

「一個街霸比賽，逢星期三、五、日，賺錢的，更會賺到不少鍛煉經驗！」在艾素的盤算中，他確實找到了兩個「面生」的人跟他組隊，進行復仇之旅。「沒有人願跟我同隊，大家都知我的目的。這兩個人正好代替他們……阮志成，你的龍城爭霸戰，我來了，來拆你的城了！」

青藍和上本猶豫着，見艾素暗自出神也感奇怪。上本道：「我們正接受NBA集訓，跟你打街霸三打三比賽，受傷了怎樣？而且有條款限制！」

「你怕了是不是？那算吧！」他轉問青藍：「你如何？」

青藍心想：「既來之則安之，既然是好機會，也可見識一下。雖然有危險，但該應付得到……」他道：「先打一場，再看看情況！」

「好！」艾素心想：「先組隊打進去，打得一場也好，總有機會混一混看一看。」

「上本，你如何？先來一場再作決定！」青藍躍躍欲試，叫上本直宏的心隨之興奮起來。

艾素見成事在即，順水推舟：「這個街霸聯賽，全紐約市最強的街霸高手都參加，怕就別去了，滾回你的 NBA 青年隊溫室吧！」

「誰說怕？去！」上本搶着說，伸出右拳。

青藍和艾素也同時伸出右拳，正式結盟！

我們這一隊就叫作：Ironman。

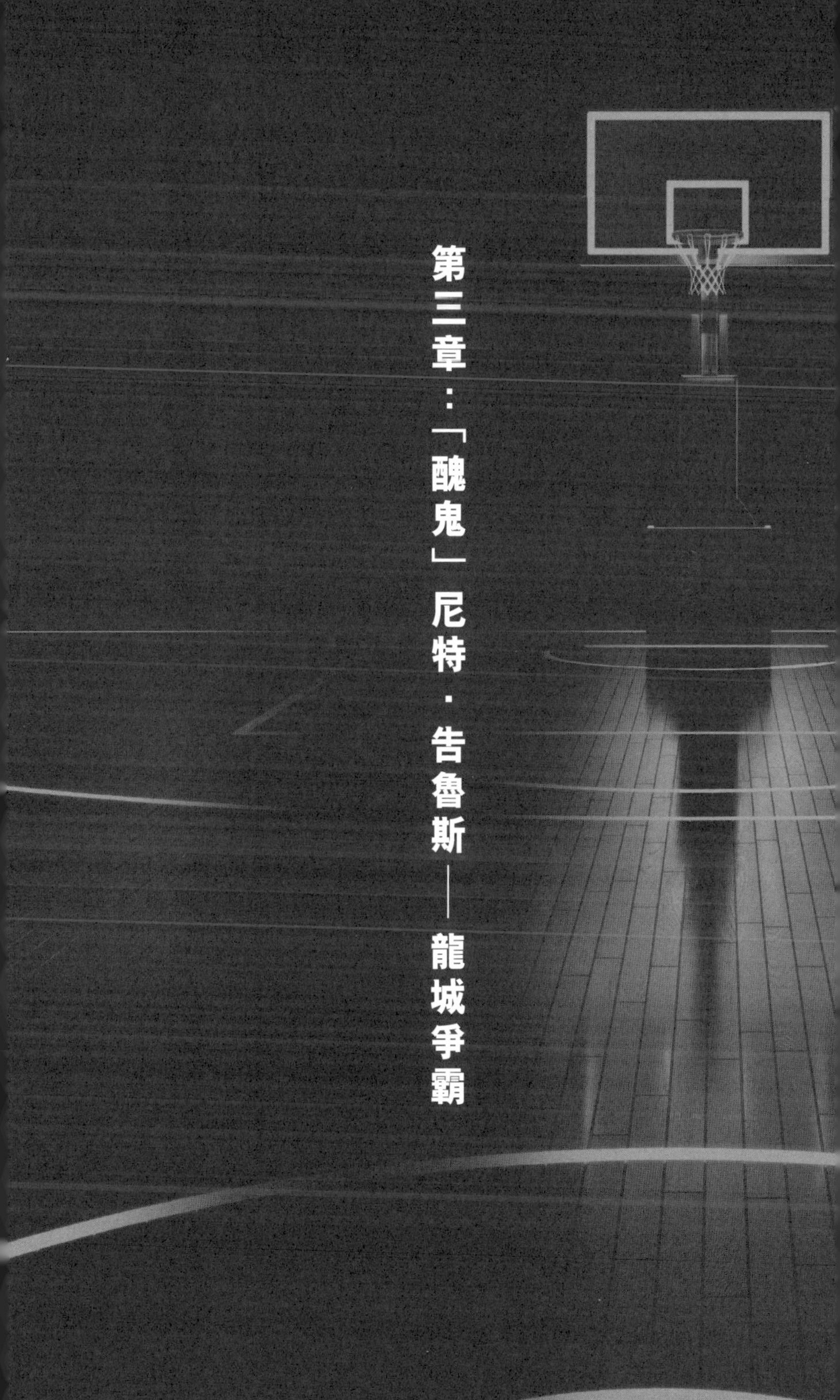

第三章：「醜鬼」尼特・告魯斯——龍城爭霸

1 龍城爭霸

Dragon Zone——布魯克林的地下秩序結界——一方獨霸的Sin City，黑道王者「越南仔」阮志成的王國。阮志成熱愛籃球，更熱愛暴力，典型土生土長的中、美、越的混血兒，養父索斯是龍王幫的頭領，是眾多紐約區黑人崇拜的偶像，在黑白兩道、商界政界，無人不曉，打通交道。但自他死後，由年僅二十歲的阮志成接管，礙於血統關係，非黑非白的黃種野仔並不討好，不過他有頭腦有身手，龍王幫靠他的一雙拳頭、一身球技、一個腦袋，穩住半壁江山。十年過後，他獨攬了半個紐約的黑道生意，還由黑漂白，表面上當個正當商人兼關懷社區的大慈善家。

懂得他背景的人雖多，不過每個人，不論黑與白，他都招攬門下，禮待人才，於是有誰會揭他瘡疤？

黑區野狗肚餓，有人給吃的，牠會反過來咬主人嗎？想在黑區混口飯吃，跟他做正當或非法生意的，不會自動封嘴嗎？

阮志成，二十八歲，愛白色，愛運動，愛慈善，做的是酒店生意，辦的是合法的街霸三人籃球公開賽，致力推廣街頭籃球運動。今年暑假八月中，紐約街霸三人賽正開始報名，獎金高達十萬美元！

對不起！黑區就是黑區，怎會變白？

偽善的阮志成常說：「英雄莫問出處！」多少NBA巨星的青年時代不是出身寒微？他把自己描繪成一個黃種孤兒，幸得黑幫養父帶大，為報此恩，決心替老父由黑轉白，回報社會。

「呸！媽的！阮志成當年的手下就是殺我哥的人，是他贏了球，還要取命！我一定要替我哥贏回來！」艾素跟一位寡言的朋友看着電視新聞，新聞正報道阮志成主辦的「New York Street Fight」三人街霸籃球賽。

「別裝慈善家，每天晚上龍城的地下籃球賽，不是他搞的還有誰？」艾素滿腔怒火

繼續燒：「我就要組隊每晚到 Dragon Zone 踩場，把他的四大球隊統統打垮！逼他跟我對戰，在所有人面前贏他，替我哥報仇！」又道：「尼特，你要幫我！」

跟他住同一區的鄰居——尼特・告魯斯一言不發，輕輕拋了自己的胸口兩下，指着艾素，一切心照！

艾素又道：「我已找到兩個隊友，加上你，我們四人就可成隊，今晚到 Dragon Zone 去！先打敗他的地下黑聯，再贏他的慈善賽！」

尼特微笑點頭：「自從『裝甲車』柏拉圖失蹤和你哥哥死後，我們 Iron Court 五霸就剩得你、雷奧和我，現在重添兩個，算是填補缺口，最慘的是雷奧不肯加入我們。」

「尼特，以你的鋒線力量足夠稱霸了，今晚便上陣去，在男人的世界中拚個你死我活。」艾素知道當年被尼特視為親兄長的「裝甲車」柏拉圖，自那次比賽後人間蒸發，叫他忿恨不已。兩個失去至親戰友的強者走在一起，豈會算數？他倆找到青藍和上本加入，便決定這晚要踩場去，鬧個翻天覆地！

2 醜鬼的Killer Crossover

一直以來，看輕「醜鬼」尼特．告魯斯的人都沒好下場。天生的樣貌就是人見人噁心，啞黑的膚色，厚唇眼細臉尖削無肉，遠看跟羅茲威爾外星人無異，近看則叫人感到心寒。

「你防守我不要緊，但，請別看着我，也別讓我看到你的樣子！」街場的人都這樣揶揄他。只是最後，誰都不想再看到他的勝利笑容，因為往往都被他守得一分都得不到。

人們都說他醜，他沒所謂，但這個醜字，已由出生開始跟着他，直至現在。他十三歲那年，媽媽拋下了他，還記得媽媽臨走時留下了一句話：「我不喜歡你的樣貌，好討厭，好醜！」

當時他的內心痛得連活下去的動力都沒有，直如一艘海上孤舟，內心與現實處於掙

扎永存的困境，直到「裝甲車」柏拉圖和他的父親收養了他。此後，他明白到要人不討厭自己，只有兩條路：一是對人逢迎，二是叫人害怕。「我要所有人都因為我的球技而怕我、拜我，我什麼都沒有，就只有最足以自豪的球技。」

「裝甲車」柏拉圖的父親是區內中學的籃球教練，一直都教導二人一切籃球知識，還給予尼特一個真正的家，為他提供一個方向——籃球、金錢、名利！

「他可以一邊 Crossover 運球，一邊避過所有路人，從不失手。他是 Killer Crossover King。」柏拉圖跟他在紐約街道上混飯吃，方法是：「由街頭到街尾，一個來回，他不會甩手，完成一次表演，收你十元！」

許多想挑戰的街場好手甚至遊客，都不大相信尼特能做到，但他真的一次都未嘗失手，運球已到化境，隨心所欲之餘更可隨環境變化而創出花招。

十元十元十元……一天就百多二百元，更接受打賭挑戰！

「我醜，但我的運球漂亮得翻天！」尼特的存在感就在此，他的手法與籃球本就是天衣無縫。上帝是公平的，從無人在他手上奪走New York Streetball Crossover King的稱號。

「我的人生一直備受質疑、被醜化，以前人們說我太矮，不夠快，對我來說，沒有什麼事是不可能的。我要所有人知道一個曾被母親遺棄而流落街頭的孩子，將來會是無人不識的球星！」尼特跟艾素道：「我的教練曾說，人生起步於一個糟透了的起點，並不意味着它的終點也在同一個地方。」

艾素聽着，附和地笑說：「你的運球絕活和防守已街知巷聞了，還有誰敢看輕你？」又道：「不過今次我們的對手全都是大人、大學生、職業球員，別輸啊！今晚！」

隨着夜幕拉上，青藍和上本果然應約，跟艾素和尼特會面——「龍城困獸籠」。

尼特初次見到殷青藍和上本直宏，禮貌地打聲招呼，青藍心想：Iron Court五霸中的醜鬼果然聞名不如見面，多望兩眼都感到難受。

「我叫醜鬼，尼特．告魯斯。」醜鬼早習慣被人這樣打量：「我的樣子醜，但醜不過

你的球技。」

上本直宏冷哼一聲：「隊友？你配嗎？」

艾素見二人一碰面便擦出火花，急忙打圓場：「唏！新隊友，我們目標一致！一致向外！Ok？」

殷青藍也順便轉個方向，幫忙道：「這個工廠地就是黑街龍城？怎麼沒球場？」

青藍和上本跟着艾素來到，本就是人生路不熟，眼下所見的跟日常在街頭見到的確是不一樣——

四個五千呎工廠平房，東南西北各據一方，暗黑的氛圍、鋼鐵的色調，在許許多多的鐵皮鋼筋水泥牆構築下，意味着廠房內惡戰連場。廠房外，各式工程車、剷泥車、貨櫃車、私家車、超跑……等等圍滿了，建起了井字型的圍牆，只留下井字的中央，空無一人，只得一輛白色法拉利和半個籃球場，球場上的籃架特別用黑鋼打造，籃框是外鑲金內精鋼的 Double Rings，浮誇、炫目。

聽人說：這個場叫「Clean Up Area」──阮志成與人鬥牛的地方。

聽人說：這裏已建成十二年，由阮志成十八歲開始至今，只得五個人曾有幸在此打過球。

「不！是有幸在此輸過球！」尼特・告魯斯道：「阮志成是個黑道籃球癡，也是街霸籃球最強者。聽說連紐約人超級球星Latrell Sprewell和Allen Iverson都曾在此敗下陣來。只是兩位都免了一死，以裸跑交換了自己的命！」

「什麼！賭命？」青藍大感驚訝：「打籃球是運動，玩命嗎？」

艾素的心頭火微熱：「哼！你們亞洲人還是弄不懂我們這地方，籃球可不是運動這麼單純。對我們而言，是生命，是決定命途的關口！」

「醜鬼」尼特也道：「你這兩個中日高手，想清楚Clean Up Area是什麼意思，又想想這是幫派之地，有多少非法交易進行？表面是籃球比併，實質是幫派比鬥、處決的刑場！只是阮志成大膽、自負，贏了他，免死；輸了，可用最寶貴的換命。還有，裏面

的比賽，是賭局，而且是最黑暗的非法場所！見識一下吧！」

殷青藍和上本直宏來到此時此地，已是回頭太難，驚覺自己墮入了艾素．夏威的圈套。艾素嘲諷地道：「想退縮嗎？怕了？三打三的比賽，贏了有三百美金，輸了也有一百。你們打一場而已，又沒非法交易，怕什麼？還以為你倆是男子漢。」

青藍思前想後，躊躇了一會，心想：既來之，則安之，反正一次半次也是經驗。他點頭道：「就一場吧！」

上本直宏也跟着點頭道：「好呀！我要贏！也要在這 Clean Up Zone 挑戰那個阮志成！」

「好！有志氣！那得先贏盡這裏四大廠，才有資格！老實說，我跟你們組隊而來，也是以此為終極目標！」艾素說出亮話，也不客氣道：「那傳說中的五個人，在 Clean Up Area 全身而退的只有 Latrell Sprewell 和 Allen Iverson，其他三人……都沒了，當中一個是我哥！我要報仇！」

回說場上，Dragon Zone 分四大廠，深信中國風水佈局的阮志成將東廠稱作「青龍」、南廠稱為「白虎」、西廠稱為「玄武」、北廠稱為「朱雀」。

每一廠都有他的最強三人球隊，四廠位共十二人，剛好就是一支五人全場賽的隊伍——Dragon Fly。把十二人拆散分佈四廠，每晚開局，報名參加的隊伍進行二十分鐘比賽，每十分鐘一節。每廠每晚只開四場，賭波的人在票務處下注，第一場的兩隊，勝者繼續打第二場，直至勝出第四場，可取得一千二百元美金獎賞，並且可挑戰「廠王隊」，勝了，可額外獲五千元獎金，並可挑戰下一廠。

這晚，艾素．夏威和、「醜鬼」尼特，正領着青藍和上本直宏組成的Ironman，由北廠「朱雀」開始——打江山！

四人昂然步向廠門……大鐵門前有四個高壯黑人守着，另有一個高大的白人道：「Hey！Kids，走吧！這不是迪士尼樂園。」

青藍先是一愕，上本已欲發作，尼特卻搶先機：「你守着這幹麼！來看我們表演吧！」

艾素從袋裏抄起一疊鈔票，遞給壯漢：「入場費和報名費先放你這裏，一會兒後連本帶利來取。我買自己勝！」

尼特補上一句：「外加 Side Bet，對方全場得分不過 10 分。」

門口負責報名的壯漢和來打賭觀戰的人都啞然失笑，壯漢道：「小子們！『不過 10』，1 賠 10，你們這裏有一百元，贏了有三百元，外加你 Side Bet 買『不過 10』，就再多賠一千元。賭好大啊！你不怕輸？很醜的啊！似你！」

「醜鬼」尼特悶哼一聲，早已習慣被人看輕的他，嗤之以鼻的回應：「買我們輸的人，注定血本無歸！」

全場觀眾的叱喝聲、喝倒采聲、踐踏自尊的垃圾話登時迴盪着，連坐在看台包廂內的最強朱雀隊隊員也高呼大笑，擁着身旁的美女叫囂：「Kids，回家喝奶吧！」

艾素抬頭看着高高在上的朱雀隊三人組，張狂叫囂的那個叫 Moven，打過 NCAA，得過全美最佳高中防守球員和入選紐約區大學精英隊。「我哥提及過這個人，我就先扳下他！」

青藍和上本首次踏進這個恐怖的地下世界，煙、酒、賭局、鐵籠球場，場中兩隊不像在比賽，而是在搏鬥！球證的執法極鬆，每一球得分都變得極辛苦，球員要學懂如何保護自己，才可在籠中生存。

「想不到我由井城的鳥籠來到了紐約黑幫地頭的鳥籠！」青藍有點膽怯，有點緊張，手心冒汗。「上本，怎樣？怕嗎？」

上本直宏深深吸一口烏煙瘴氣，挺胸道：「武士道精神！幹！」

隨着一聲「幹！」球證宣佈籠中比賽完結，接下來第七場比賽由連勝四場的台主「閃光隊」，迎戰剛來報到的「Ironman」隊。

艾素作個手勢讓四人圍在一起，道：「每節只得一次暫停，上本，你先作後備，看我指示，有需要才叫暫停和換人，指令由我和尼特發出。我們賭得大，『不過10』，所

以尼特會負責盯緊對方的最強主力。」

球證示意比賽開始。艾素、尼特和青藍走進鐵籠中，整個世界頓時只得對手和自己，周遭都是欣賞困獸鬥的人們，看羣獅自相殘殺，或無情地欣賞幾個小孩徒手搏獅。

對方主力叫阿加斯，是個六呎四吋高的小前鋒，配搭兩個身形健壯的大前鋒，打的是擋拆戰術和強行爆籃。對於艾素、青藍和尼特來說，身高差不多，身形和力量則差一截。

「小鬼，來賭『不過 10』嗎？我們可連勝四場了。」阿加斯說。

三分球，中！

對方一個單擋，青藍反應不及，整個人似撞中一幅石屎牆，半擋半撞震退了三步，看着對手輕鬆搶走三分！

奇招啊！估不到閃光隊不用主力小前鋒硬打強攻，反而用大前鋒強打對方的亞洲小子。

「我叫巨鼓！認住我，是我收拾你的，那十分，就在你身上拿吧！」那個巨壯漢子在青藍面前說着垃圾話，準備開第二球，啟動第二波攻勢。

這兒的規則跟平時的街場球例有點不一樣──「勝者先發」，即入球得分的一方可以取得下一球的發球權。如果對手不斷入球，便不斷取得發球權，負方便有可能一直捱打。

「要贏，就要靠自己爭取，這是生存法則，機會是自己贏回來的！」艾素拍一拍青藍屁股。

流着紐約街頭血液的艾素和尼特，當然不會輕言認輸，同樣來自貧區井城的殷青藍，也是個不服輸的硬漢子。「爸爸說過，是壓力幫助了他，這刻，我該如何面對？」

想了幾秒，對方開動攻勢了！又是這個叫巨鼓的傢伙，讓他想起了 NBA 騎士隊擅射三分球的大前鋒 Kevin Love！又起手投三分！中！6：0。

此刻觀眾雀躍跳動，旁述帶動全場氣氛，垃圾話滿場飛：「我看今晚四大廠最好氣

氛的就是我們，古羅馬鬥獸場上演獅殺小孩……」

暫停！（艾素示意場邊的上本直宏。）

不！青藍揮手阻止，道：「信我！」

尼特跟艾素交換眼色，道：「青藍，上半場還有九分鐘！」

青藍盯着對手，道：「讓我試多一次！我已找到方法！這九分鐘，我會打贏他——」

說時遲那時快，對手主力阿加斯發球，傳給巨鼓。

「你休想！」青藍施展緊逼防守，完全封殺對方起手的空間。「憑身體攻我內線吧！但三分？在我緊逼下，你想都別想！」

激將法顯然奏效，對方的巨鼓頭大無腦，在輕敵之下竟還要硬來一記三分球！

一子錯，滿盤皆落索！

不知哪來的默契，艾素聽見青藍跟巨鼓說的話，已了然於胸，心忖：「這香港仔摸通了垃圾話的技倆了嗎？哈！」

果然！巨鼓壓住青藍，左手一格，彈後Step Back三分球投出！

隊友登時大叫——No——！

青藍已心中暗笑，飛身上前封截，艾素從青藍身後躍得更高，一手就將投出的球罩下來，空中快傳給「醜鬼」尼特！

「是我表演的時候了！」尼特嘴角輕揚一笑，面對阿加斯，道：「喂！你沒空照顧隊友嗎？看啊！」

呼嘯——！一支疾箭掠過阿加斯身邊——在他的腦海中，只分辨到尼特剛才是佯左閃右的——不！是先佯左，再Crossover運球到右邊，一閃而過——！

砰！嗡嗡……

尼特單手大力入樽，震醒了阿加斯，也震驚了全場！

觀眾們先是靜了片刻，繼而歡呼狂號！

6：2！

艾素豎起拇指：「青藍，守得好！」然後三人擊掌，觀眾熱烈鼓掌！全場情緒突然高漲，突然轉向：「Ironman！Ironman！Ironman……！」

當然，買他們輸的也形成另一勢力，支持的是閃光隊！但是由這一球開始，上半場的所有發球權都由艾素所開。

上半場，15：6。「醜鬼」尼特獨得十分！青藍兩分，艾素三分！台主閃光隊用上一次暫停調整戰術，毫不奏效！

3 卑劣必勝法

那個叫「醜鬼」的傢伙不可以再觸球，他的運球很快很穩，令人眼花頭暈。

那個亞洲人的剷籃跳投也很準，出手也快，不可讓他接應傳球。

那個艾素未有進攻，但傳球很到位，要打斷他的接球路線！

閃光隊的教練指示球員。

下半場已開始了四分鐘，他們又用上一次暫停。

24：6。輸是注定的，但「不過10」不能輸，因為他們賭自己一定過十分押了二千元重注啊！

「球證是什麼都看不到的！」教練跟球員道：「我替他買了一千元，賭他們勝，但我們要過十分才會贏錢。輸球不要緊，輸錢卻不能。」

這是什麼比賽態度？這樣對嗎？上本直宏在旁聽得一清二楚，心中有氣，這完全不是武士道精神！很卑劣！而更卑劣的是，他們為求勝利，竟不擇手段使出茅招！

尼特在阿加斯面前後手運球後Crossover轉向切入，阿加斯並非庸手，卻也慢了半秒，被尼特開步上籃，此時另一邊協防的巨鼓早料尼特此着，決定棄守青藍，飛身從右路殺進來，一手把尼特凌空拉跌，搶球、射籃、得分！

球證沒吹罰。

尼特倒地，左肩登時腫起來，痛苦怪叫！

「有冇搞錯？這是犯規！」青藍勃然大怒，怒轟巨鼓。

上本直宏當然知道來龍去脈，也氣得在拍打鐵籠，吼道：「他們是故意的，故意的！」

球證怒目瞪視，道：「我不認為是犯規，那是合法碰撞！」

「合法？媽的！你瞎了嗎？」青藍上前衝擊球證。

全場觀眾起哄，場面一度混亂，正中閃光隊下懷：愈亂愈哄愈好！

打心理戰，第一條件是亂！先亂了陣腳，心隨之而急，急隨之而慌，慌繼之而——敗！

尼特按着左肩，勉力站起來，再鬆一鬆肩頭，跟球證道：「對呀！球證，沒犯規，比賽可以繼續的，由他們開球吧！」

「什麼？」青藍和上本直宏傻了眼。

艾素點頭示意：「同意，繼續吧！這些衝撞都是合法的，是你倆見識少而已。」

球賽繼續，閃光隊開球。這次巨鼓傳球給阿加斯，青藍守着，全神貫注地守着。在他心中只想着打倒對手，周遭的起哄如電鑽般響，在耳鼓內激鑽。阿加斯知道這個青年球技高，難纏，可是面對地下街場的規矩變得綁手綁腳。「學點東西吧！小子！」

阿加斯二話不說，施展背籃功向青藍壓來，邊擠壓邊「批踭」，三四步已壓入禁區，仗着身高和力量的優勢轉身勾手得分。24：8！

三分之差，多少人的賭注是贏是輸都押在這三分之上，是兩球兩分？還是一球三分？艾素決定叫一次暫停！

「你別老是鬥死力，他擺明是要在你身上取分，你得聰明一點。」艾素叱着！青藍點頭，堅定的道：「不過 10，我一定不會被他在我身上再取分！」

尼特接着喝道：「你在紐約人隊練了些什麼？學了些什麼？沒對付過高大壯漢嗎？」

青藍被尼特這一喝，猛然記起了暑假的前學界精英賽，面對馬爾高國際學校的黑白雙煞，那時的困境完完全全刺激起他的防守神經。

「他們一定會再向你進攻，尼特，你要協防，我替你補位。小心，阿加斯的三分冷箭，他一定做反擋戰術。」

嗶！球證示意進場，全場觀眾屏息以待！

巨鼓早已Post Up，壓住青藍，隊友傳球予他，同時走相反方向進行擋拆，阿加斯用擋拆戰術的同時，巨鼓絕不留情地強打內線。可是青藍悟性奇高，先硬頂後退步，一頂一鬆之間，巨鼓的攻勢竟窒滯着，一時無計可施。「他怎麼不用力撐我？我無法借力轉身攻籃……」

與此同時，阿加斯到位了，三分線上擋走了艾素，出現一絲空隙，巨鼓即時回傳，讓阿加斯出手投一記三分球——

叱——！突然，尼特的身影閃現半空，躍得快、彈得高，一手拍走這記救命三分球，艾素搶先接應，即時傳給籃底的青藍——一Fake一躍，引得巨鼓撲前防守，同時

adidas

引來另一球員補位協防……

「尼特，是你的了！」青藍望了尼特一眼，手底下已傳出一記高抛球，給尼特來一記「拆你屋」凌空接球入樽！

時間剩餘一分鐘，優勢重回 ironman 手上。

但，青藍也給巨鼓撲前時乘機「抽水」，一記膝撞正中小腹。「Oh！Sorry，弱者永遠都跪在地上的！」巨鼓冷言冷語，比賽頓時停止。

青藍忍着痛，怒瞪巨鼓，卻無從發力，由艾素和尼特扶他出場外，上本直宏入替！

「剛才一球傳得不錯啊！可惜不能再打！」上本裝酷的道：「我不會步你後塵的，放心！」

最後一分鐘，上本直宏憑着堅毅的武士精神，真的鎖死了巨鼓的進攻，還引得他兩次走步。青藍在旁笑着想：「他跟我的想法一樣，就這樣防守。」

三十秒，下了賭注的觀眾愈鬧愈響，阿加斯愈射愈急，籃板球的優勢頓時消失，好幾次投球都彈出不入，且剛好落在上本和艾素手上，而最後的表演時間，全在一個人身上──「醜鬼」尼特・告魯斯的 Killer Crossover！

阿加斯緊守着，時間如疾風，尼特也如疾風，在他面前左右互換的袴下運球叫所有人眼花繚亂，突然一個 Inside Out 運球，佯裝切入，卻忽然急停後手運球，弄得阿加斯醜態盡出──Ankle Break Time！整個人被扭得倒在地上，眼睜睜看着比賽時間剩最後四秒，看着尼特在無人看管下突快切入三百六十度風車式入樽！

砰！比賽告終！

朱雀廠的第七場勝利者──Ironman！爆冷！

鼓掌聲、叱喝聲混在一起，也比不上四人連串的擊掌聲震撼！艾素沒想到找來的兩位亞洲好手能撐得住這種街霸球賽！青藍和上本也沒想到自己能取得首勝！

這時，旁述揚聲道：「Wow Wow Wow！It's so……crazy！玩『不過、0』的 Side Bet 實在有膽色。差不多兩年了，對上一次成功令對手不過十分的也是幾個十七八歲的小子。厲害！現在這四個小子，竟能打敗了連勝四場的街霸老手。有幾多人看走了眼？Hahaha……接下來第八場，有誰想來挑戰他們？」

片刻……無聲！

忽然間，艾素搶過旁述手上的咪高峰，抬頭看高高在上的包廂，朗聲道：「第八場，我要挑戰——廠霸——阮志成麾下的朱雀隊！繼續 Side Bet『不過 10』！」

4 預言家

What？Are U Kidding Me？Oh！My God！You、You、You、You Deadend！

觀眾們、賭徒們、球手們，不約而同地竊笑着。四個不知天高地厚，口出狂言的臭小子，知道台上三人是什麼角色嗎？

阮志成手下十二猛將，Dragon Fly 其中三位隊員：控衛 Steve Flash；射手 Moven；小前鋒 王三 Parker，三人全是 NBDL 和歐洲聯賽的球手，是阮志成用錢打造街霸球隊的主力。

「你憑什麼要跟我們打？」王三 Parker 厲聲道。

不卑不亢不怯不退的艾素．夏威指着籃框，勇敢回應：「憑實力！」

「就憑贏了一場？」Moven 走進場內，如禿鷹掠至！

「我們贏了一場，已叫全場無人上來挑戰，不跟你們打，難道就這樣走？這個廠的挑戰者都是廢物嗎？」艾素故意挑釁！

Steve Flash 冷笑着：「要我們不過 10？想趕着送死嗎？」

「那請快來送我們一程！或者，我好好地埋葬你們吧！」尼特踏前一步，攤着雙手，補上一句：「你們老了！是時候退下來啊！」

青藍和上本環顧全場觀眾和球員，無一人想發聲，無一人敢回應。擁着美女進場，

工三 Parker 厲眼一望，已叫人感到無比壓力！「這兩個黃色小子是你們隊友？」

艾素點頭：「是很好的隊友！是足夠打垮你們的隊友！」

「Ok！那開始吧！讓你是客，你們先發！」工三 Parker 甩開美女，率先領前走進禁區！Steve Flash 道：「你們派三個出場吧！」又道：「不分上下半場了，就打五分鐘。五分鐘不過 10，你們能守得住我們五分鐘內的狂轟，算你們贏！今晚所有放在賭桌上的注碼是你們的，該有十萬吧？但若輸了，別再來！」

又一陣強烈的起哄，十萬元，足足十萬元！要死守朱雀三王五分鐘，不讓他們過十分，該不算難吧？可是難就難在，不過 10 之餘，還要贏到他們，這幾個無名小子行嗎？

一定行！艾素在剛才一役根本未盡全力，尼特的 Killer Crossover 也不過是他的其中一項強招，至於代替青藍的上本直宏，更是無從估算的天才型球員。

激戰再度開展，是上本直宏一展身手的好時機！

Hill Parker 防守着他，一臉輕佻，似在說：「Hey，我要抄你球喇！」

果然！Hill Parker 出手快疾絕倫，右手上撥，已把上本手上的球抄去，叫他呆在當場。「糟了！」艾素心中叫慘。Hill Parker 已在三分線外出手——

再來！再來一記凌空蓋火鍋式的封阻！尼特．告魯斯展示了他的絕強彈跳與防守觸覺！

「防守，永遠是致勝的關鍵。」他記得教練曾教導過他防守的重要。「上本，別再發夢！五分鐘贏不了，我們的下場會很慘！」

「你先顧自己吧！」Steve Flash 已上前壓逼防守，令尼特無法施展 Crossover 運球切入，只好傳球給艾素——豈料這一傳，正好讓 Moven 察覺到傳球路線，第一時間截住，快傳給籃下零度位的 Hill Parker，上本直宏卻同樣地洞悉了傳球線道，一手拍走傳球，直飛界外。

短短的十幾秒，雖沒投進一球，但當中的防守與抄截，速度之快，緊逼感之強，實

在叫人透不過氣。

朱雀三強準備開球，Steve Flash 控球，工三 Parker 進攻，Moven 打內線，各司其職，是配合得完美無瑕的進攻組合。

Moven 上前單擋，上本直宏跟着補位，尼特卻示意他走開。就在這一瞬間，Steve Flash 已在二人中間刺出，突破防守上籃得分。

「你們單對單防守不俗，但面對我的控球與擋拆，就無法捉摸了。」Steve Flash 說得對，這兩分確是敗在防守默契不足，他對尼特道：「我得承認，你的緊逼防守確有兩下子，可是我的變化無窮啊！」

2：0。比賽餘四分鐘。

上本直宏確實無法忍受自己在短短一分鐘內出現兩次失誤，先被抄球後被突破，這種低級錯誤絕少出現在同一場比賽同一分鐘內。他全神貫注地守，工三 Parker 的運球節奏時快時慢，升升落落間好像能隨時起手——

三分球，又中！5：0。比賽餘三分四十秒。

「跟朱雀隊比賽，膽是夠大了，可惜技術太差！」忽然，一個頭戴漁夫帽的瘦骨男在青藍身旁出現，冷冷的批評道：「一對一防守就是拚到底，要有那種死纏爛打的強悍態度，要如影隨形地拚鬥。咳……咳……」

這神秘的瘦骨男一邊咳一邊提示着。上本直宏聽着聽着，也開始注意自己的防守步太慢，太注意對手的得分，太怕自己再失誤，所有的左支右絀全因自己的束縛。「哪管對手有多行，總之我就要死纏着他！」

上本領悟了，瘦骨男再多提一句：「緊逼不是在對手持球時才用，要封殺所有他能接球的空間和切斷所有接球路線，才最管用！」

天分與潛力不下於青藍的上本直宏登時當頭棒喝，徹底明白防守的方法，就在於判斷與對方的距離和空間，配合冷靜的思考傳球路線，確實非常管用，一擊得手，抄中Moven 的彈地回傳！「多謝！」

在這句多謝之後，上本鼓動馬力上籃，Spin Move 轉身左手放籃得分。5：2，終於有所突破！

艾素、尼特和上本不約而同望向場外，青藍的身後正站着一個高瘦個子，頭戴漁夫帽，咳個不停……

「他是誰？」艾素嘗試窺看帽下的輪廓，但瘦骨男垂頭猛咳，連青藍也無法看清他的樣子：「艾素，專心比賽吧！還剩三分鐘。」

「我就是那種球員，我就是那種死命防守的球員！」經瘦骨男一提，醒覺的豈止上本直宏？「醜鬼」尼特的防守強度也同時暴升起來，叫 Steve Flash 無法在他面前出盡花招。

「他 Crossover，切右！咳……」瘦骨男好似能預知未來般，預測了 Steve Flash 的動向。

「媽的！這隻鬼是誰？他怎知道的？」尼特心中同時大驚大喜，Steve Flash 果真右切，正好是運球空隙，讓他順手一抄，偷去 Steve Flash 手下的球，再傳予三分線外的艾素。

「攻他左下路，他後移左面最慢——咳……！」瘦骨男再度提場，艾素佯右切左，以閃電般的身法殺入禁區，一如所料，防守他的 Moven 左移步確是最慢，根本無法追上他，白白地被他甩開、飛身入樽！

全場觀眾高興翻天，好像在見證一隊小夥子擊敗神話。比賽最後倒數一分鐘，比分極近：10：8。朱雀隊只要多入一球便過十分，殺敗 Ironman。

然而，得到瘦骨男提醒，艾素和尼特直如睡醒猛獸，追回分數，搶回優勢。只是剩下一分鐘，對朱雀隊而言，時間很多，過十分的難度近乎零。

人們習慣以最強攻最強，Steve Flash 被尼特守得密不透風，往左往右還是單擋，都被預言家般的瘦骨男一一洞悉，只好傳球給 工三 Parker——朱雀廠最強的小前鋒！艾素守着他，暗忖：「四十五秒，他會三分，會劏籃，速度快！」

「小子，你也不慢啊！贏家留下，輸家滾蛋，他有頭有臉，輸了很慘啊！」瘦骨男道。

青藍也附和着：「他一定想射三分做英雄！」

艾素心知肚明，這個工三 Parker 是個英雄主義者。

三十秒，Hard Shot 三分球——艾素一躍——籃球掠過指尖——直飛籃框——在框上轉了兩圈——滑出！

Moven 與上本直宏卡位搶板，上本一手挑走，艾素快工三 Parker 一步回身拾起籃球，時間尚餘二十秒！

「以最強攻最強嗎？好啊！」艾素的最後攻勢來了。

尼特和上本拉開兩邊，就讓艾素與工三 Parker 單對單。

「咳……得分能讓一個人高興，但傳球能一次過讓兩個人高興，甚至全隊都高興。」瘦骨男又咳着說。「小心，夾防呀！」

最後十秒，10：8，艾素決定切入劏籃，心忖：「預言家，我信你，希望如你所言！」

這一刻，尷尬的是，切入成功只得兩分，打成平手，起手三分則反敗為勝，但在「不過10」的條件下，朱雀隊為了顏面，決不能讓艾素追成平手，反而要他們以兩分之差輸在手下，才可穩固地位……

「這是一場賭博啊！哈……咳……咳……」瘦骨男笑着道：「不過你們會贏！」青藍聽着，內心怦怦亂跳，艾素Crossover切入，是工三Parker故意放行，讓他跌入夾擊陷阱——Moven和Steve Flash同時搶入禁區，形成三人包夾，封殺所有上籃空間！

青藍衝口而出：「真的是夾擊啊！」

艾素心中暗喜，一早領悟預言家的「傳球高興」信息，上本直宏的三分火力夠猛吧！

切入、誘敵夾擊、快傳、三分球——這劇本由瘦骨男寫出，由艾素與上本直宏領銜

主演——《絕殺命中》！

11：10，反敗為勝！Ironman擊殺稱霸長空的朱雀，狠狠地擊落阮志成麾下三大將。全場狂熱起舞叫囂，朱雀三王敢怒不敢言，不敢發作不敢擺爛，願賭就得服輸！

這一夜，讓艾素、尼特、青藍和上本四人，捧走十萬美金。

比賽結束後，兩幫人都在尋找瘦骨男，包括阮志成的龍城幫和艾素、尼特幾個人。

「青藍，剛才那人在……？」尼特環視四周，只見人頭湧湧，發瘋似的又叫又跳，上前簇擁，而那瘦骨男，早已消失在人羣中。

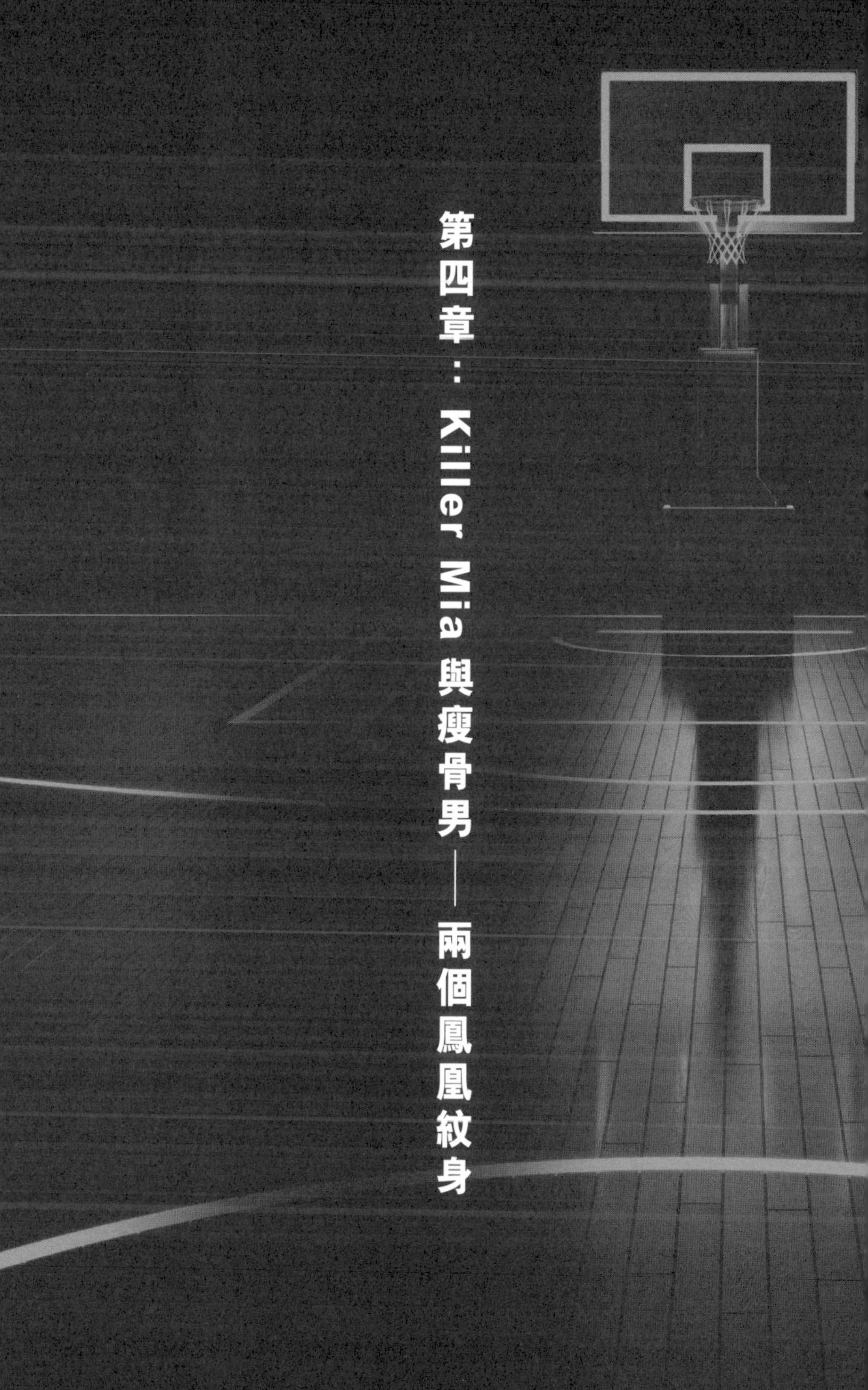

第四章：Killer Mia與瘦骨男——兩個鳳凰紋身

1 龍顏大怒

白天，「龍王國貿易集團」總裁兼大慈善家阮志成總愛在自己的公寓辦公，他的公寓位於紐約市中心「龍王大樓」頂層六十九和七十樓，每層佔五千呎面積，下層為辦公室、會議室、健身房、泳池，頂層為起居室、電影院、酒窖，而天台是一個露天籃球場和直升機坪。

他，未登上龍座前，不過是街頭幫派分子，養父供書教學之餘，也教曉他街頭生存之道：一雙拳頭打天下，兩臂能撐天地海。「我爸是個粗人，靠的，是拳！我是個聰明的半獸人，靠的，是腦筋，是侵略性。龍王集團在我手上，豈止稱王，我更要建國！」

十八歲開始，他已青出於藍，統領幫派，洗黑轉白，由打打殺殺到地產投資、股票買賣。先建立正當光明的形象，再用大量銀彈收買多個黑道幫會，實行黑白兩道同行，暗黑的生意交予黑道助手，光明正大的生意自己一手打理，從此，在大都市橫行。市長，好朋友啊！參議員，是知己！總警長，稱兄道弟！

十年後的今天，站在七十樓落地玻璃窗前俯瞰這個紐約心臟，每一條道路每一輛行車，如每一道血脈，相連相交，交織出這個屬於他的龍王國來。除了他的手段和智慧，最為人熟知也最為人談論的，就是他的超凡球技。在每個紐約街頭，街場遍地，小孩、青少年、老人家、職業球員、退休老手，都是籃球的狂熱分子，聽說連籃球之神米高佐敦都曾在紐約某街場跟人鬥牛輸了，乖乖的坐在一旁輪賽。

「如果你輸了，就得坐到一邊去，這是法則。你不必祈求別人同情你，因為尊嚴是靠你的球技和贏球來爭取的。」阮志成跟訪問他的《紐約焦點報》記者道：「我年輕時不過是街場小混混，每天都在球場拚命，在幫派中戰鬥，我很清楚在商業社會中，人要往上就是靠堅持，堅守信念。我敬重鐵漢，所以我也是一條好漢。」

紐約的媒體報道過阮志成的成長故事，勵志感人，卻沒有報道他的黑道臭史，也沒報道他行事狠辣，但他不否認：「對，我是狠角色，天生就是，現在更是。但我要公平

競爭，用實力來贏取勝利，所以我狠辣，但不狠毒！」

「在黑道混那麼久，沒幹過後悔的事？」這次，《紐約焦點報》的記者竟能一登龍殿，直擊敏感話題，大膽的問。

他想了想，冷笑一聲：「一定有！特別是錯事，只好提自己別再犯。」又頓了頓，道：「記得有一場關於幫派地盤的球賽，噢！我愛街霸球賽多於NBA，因為更血淋淋活生生，是男子漢比鬥的大舞台。」他喝了口紅酒，回想道：「兩年前左右吧，那是另一幫派的，當中有一個年輕人很強，打贏我的四大廠，更獨力挑戰我！當時他代表幫派爭地盤，贏了我，我便交出第六街的生意，輸了，他自願打毒針當癮君子，從此絕跡球場。」

他再歎一聲：「唉！我錯了。那次打成平手，後來鬥射罰球，他輸了。我本想放過他，但對方的頭目突然發難舉槍射我，我的手下替我擋了子彈，混亂間手槍走火，竟殺了那個年輕人的朋友。我那時看見手下被對方槍傷，確實怒火中燒，失了理智，即時下了命令，把這幫人趕盡殺絕。」

「後來呢？那和你打成平手的年輕人怎樣？」記者追問。

阮志成聳聳肩，淡然道：「也沒怎樣，一味抱着他的兄弟屍體嚎哭，我決定放過他，讓他走，還叫他快走，警察很快到。但他跟我說：『我確實輸了，這三支針是我給你輸球的承諾！』我說不用了，當我大發慈悲。可是他堅持，說輸是輸、賭是賭，兄弟的命是他的命！還二話不說地在身上打了三支海洛英，當場昏暈……然後走了，不知去向。說真的，我後悔沒阻止他，因為我欣賞他，我欣賞有義氣的好漢，是他的朋友太卑劣，跟他無關。」

記者開另一話題，追問：「那之後便沒有人來挑戰你了？」

「哈！好問題。唔……沒有，自我廿六歲後便沒有了。之前有 NBA 球星跟我打，當然有贏有輸，不過都不公開，都是約他們來我樓上的天台球場玩。Dragon Zone 的中間球場……自那次後……真的沒去過了。況且，沒有人能打贏我麾下四大廠的球隊，我去幹麼？他們也贏不了我。」

突然，電話響起，訪問進行到這裏，他接聽……臉色遽然大變，時而勃怒時而興奮，記者摸不着頭腦，正想追問，他已率先開口：「哼！敢在我的球場搞事？果真有膽識。」

記者從阮志成的眼神中看見一絲兇光，也見到一點興奮。這位橫跨黑白兩道的商界狂人、街霸王者，是個不折不扣的籃球癡。他已躍躍欲試，穿上西裝，撥個電話：

「Killer，今晚有事嗎？」

「唔……唔……好久沒見過……是……什麼Ironman……是這樣的……對，他們四個人，連續三星期打敗四大廠隊！對，對，其中一個，是，是兩年前那個挑戰者的兄弟！」

記者完全不知道他在說什麼，掛線後，記者問：「阮先生，有事發生嗎？你好像很憤怒……」

阮志成鐵一般的臉上沒絲毫禮貌的笑容，跟剛才簡直判若兩人。此刻的他，活像一條盛怒的霸王龍，邁開闊步，邊走邊道：「憤怒？對啊！竟然有人在短短三星期內，在我的Dragon Zone街霸比賽中，打敗我整支悉心打造的Dragon Fly，這支足以跟任何一支NBA球隊較量的Dragon Fly，我確實很不爽，我養了一班廢人！」

「什麼？你不是怪責挑戰者，而是……」

「挑戰者啊……！我已經血脈賁張了，因為好想會一會他們，所以又嬲又興奮！哈……輸了就是輸了，挑戰者夠強，我才覺得好玩！」

「那你已落下命令，要殺人滅口？」記者的錄音筆遞到他的嘴邊。

阮志成關上大門，回身，嚴正道：「今時今日，甚至我出道以來，球場事，球場了，說什麼殺人滅口？剛才我約的Killer，是我的球團助手，亦是唯一能與我打成平手的一個球員。任何要挑戰我的人，都要先贏他，他叫Killer Mia。」

記者當場呆着，看着阮志成步進電梯，消失於走廊盡頭。整條走廊，掛滿了一眾

球星跟他打球的合照，有Kobe Bryant、Allen Iverson、Stephon Marbury、Tracy McGrady、Dwyane Wade、Carmelo Anthony、JR Smith……數之不盡。

當真是一個狂人怪客！記者看着照片，心忖：「今晚Dragon Zone肯定有一場極具話題的激戰！」

2 絕強現身

國際大城市的夜，聲色璀璨，各區街道與行車的燈火流動着城市的美麗脈搏，宛如散落地上流動的花火，人與人之間聲色犬馬、熱鬧醉人，誰不會為之傾倒？這江山，誰不想一統？但試問有誰，敢動龍王國的國土？在太歲頭上拔毛？

地點：Dragon Zone

時間：9 PM

人物：Ironman、「龍王」阮志成、Killer Mia

主題：單對單街霸鬥牛

這一晚，圍觀的人早已佔了最佳位置——四大廠正中央的刑場——阮志成的鬥牛球場。守衛拉起封鎖線，防止閒雜人等進入。

「啊！有多久沒人有資格踏進這裏？」常來的捧場客伸頭探望球場中的一輛珍珠白法拉利。「兩年前，阮志成放下這輛車，說誰贏到他，它就歸誰？天啊！兩年了，無人敢上陣。」

另一球迷搖頭糾正，道：「No, no！不是無人敢上陣，是無人夠資格！龍王國大慈善家阮志成是何許人，大家心照了。誰敢動他的超跑？」

另一資深球迷搭訕：「不是超跑問題，而是有人能闖過四大廠的 Dragon Fly，再贏 Killer Mia，阮志成肯動手，試問這些年來，除了兩三位 NBA 球星，和前年的 Iron

Court街霸艾迪．夏威外，有誰能連破四大廠？None！」

「也對啊！這次是兩年來僅有的一隊能連破朱雀兩次，再敗玄武兩次，然後扳下白虎一次，昨天還大勝最強的青龍，噢！奇聞呀！這隊Ironman強得超乎想像，愈戰愈勇！」

說到這，Ironman四子已然到場，步入場中，觀眾發出陣陣歡呼聲，拍掌鼓勵。大家都萬二分期待這一場紐約街頭的激戰，而在人羣中，在剛才幾個球迷的身旁，那個咳個不停的瘦骨男已靜靜站着，不發一言。

瘦骨男的頭垂得極低，深藍色漁夫帽下的臉總是不見得光似的，他永遠都穿一件長袖T恤和水桶褲，好似要包密自己瘦弱的身軀。這位一直暗中提場、幫助Ironman的「預言家」，每次都好像能洞悉對手行動的資深教練一樣，教Ironamn隊員在這三星期的實戰中不斷成長。雖然他每次都幫忙，可他每次都逃避跟艾素等人會面。

他神出鬼沒的很快就失去蹤影，別說艾素和青藍，就連廣佈線眼的阮志成手下也沒法找到他。「阮生，下次他出現，立即抓他回來見你。」手下道。

阮志成搖頭：「不用了，這麼有神秘感的人，我想他一定有目的。總有一日，不用我們抓，他也會站出來。我想，他只等一個機會吧！哈……」

回說球場中央，白色法拉利一塵不染，跟周遭污煙瘴氣格格不入。黑鋼包上磨沙金的籃架在黃燈映照下更覺搶眼，灰白色球場畫上銀色界線，超酷的劃時代感覺絕對是配得上喜歡炫目的阮志成。

他跟頭號助手Killer Mia準時到場了，觀眾一陣暗湧式的起哄，如潮浪進退嘩聲起伏。有些人渴望見他真人一面，有些人更是他的頭號粉絲。他穿上一對獨 無二的AJ二代白金版球鞋、一件白色貼身背心，身上的紋身不多，因為他愛乾淨，所以只是在兩手手背上紋了圖案，當手背合併時，正好併出一條黃中帶紅的飛龍。

青藍和上本首次拜會這風雲人物，從對方龍目鷹眉的面相中，感受到人中之龍的威勢。他個子不算高，六呎二、三上下，鋼條身型，肌肉紋理線條完美，看在青藍心中只得一個字：「酷」！

然而在艾素和尼特眼中，就只得「仇」這個永不能磨滅的字。看見阮志成，就如看見人間惡魔，極想殺之後快。艾素踏前一步迎上去，指着阮志成道：「你，今日注定要敗！你的四大廠隊已敗給我了。」

Killer Mia 立即上前護主：「小朋友，你要先贏我，才有資格跟他鬥牛。你們四人可以輪流上陣，任何一人打敗我，就可以選一個最強的，挑戰我們的龍王！」Killer Mia 一邊高聲宣告，一邊脫下外套。眾人一望，無不譁然，連尼特和艾素也嚇得不懂反應！

他——全身都是紋身！更特別和搶眼的是——火鳳凰紋身！右臂上的火鳳凰紋身！

哥哥的火鳳凰……！

「哥……你……不不！你不是……怎……」艾素整個人慌亂不已，跌進了迷思的黑洞。尼特同時一驚：「一模一樣，火鳳凰的圖案……」

Killer Mia 一直都有怪癖，就是喜歡紋身。最喜歡將敗將身上的紋身據為己有。他自豪的道：「說實話，他最難打，他和我打成平手，和阮生也打成平手，我們三人不分上下，最後我倆靠罰球才贏到他，所以他這隻鳳凰紋身我最喜歡，也紋得最大。」又指着右臂道：「那原來是你哥？哈……難怪你也有此實力打贏四大廠隊！」

阮志成一聽之下，同樣興奮：「啊！那個艾迪是你哥嗎？那你是來……報仇的？哈……」

「不止他，還有我！我的義兄也是你們殺的吧？」「醜鬼」尼特搶着道。

阮志成大惑不解：「義兄？誰？」Killer Mia 似有所悟：「啊！是跟艾迪同來的那個嗎？哼！他輸不起，發爛開槍，強搶地盤，該死是常識吧！」

Killer Mia 做了個開槍手勢，指着自己的頭，說：「是我親手做的，他太卑劣了。」

此刻，在尼特的世界中直如雷轟電閃，眼前的這個紋身怪人就是殺死「裝甲車」柏拉圖的人，還洋洋得意的「認罪」。尼特怒火爆發，衝上前向 Killer 揮拳，青藍和上本立即把他拉住，上本道：「冷靜！醜鬼。」

青藍按着尼特，道：「球場事，球場了，今天贏了他就當報仇吧！」

「說得好！我喜歡！」阮志成拍手叫道：「我向來最喜歡這樣。來吧！誰先上？贏了他，就可以挑戰我。贏了我，這輛超跑歸你們。」

「誰要你的跑車！是你的黑道臭錢買回來的！」艾素朗聲道。

Killer Mia挺胸上前，道：「小子，嘴巴乾淨點，我們的阮先生是正當商人，是個愛打街頭籃球的大好人。」

阮志成淡然一笑，踏前兩步，面對盛怒的艾素和尼特，他搭着Killer的肩頭，輕鬆的道：「不要超跑嗎？只要贏我來出氣嗎？但我向來輸了認，錯企定。有比賽自有贏輸，贏輸自有獎賞。」

他想了幾秒，忽發奇想，提出建議：「不如這樣吧！下個月，我辦的紐約街霸挑戰賽公開全美報名，各地正打外圍賽，如火如荼，十六強下月在麥迪遜花園場館開打，全美直播，贏了有一百萬獎金。」

「那又如何？」艾素道。

阮志成指着他倆，續道：「如果你們今天贏了我，或者在限時內打成平手，當我輸。你們這隊Ironman不用打外圍賽，直入十六強。我們是主辦單位，有兩個十六強名額，一個歸你，一個歸我的Dragon Fly。如果你贏了冠軍，就可拿下獎金。這一百萬我捐出來當作貧民區的教育基金，人人受惠！」

這次，不再是黑街賭博了，是堂堂正正的較量之餘，更是造福社羣的好機會。這個阮志成確是個怪咖！雖狠、惡、辣、囂，卻非奸惡之徒，在場的人都真切的感受到，艾素和尼特在心底中也感受到。

阮志成再跟尼特道：「跟你說實話，剛才Killer說殺了你義兄，其實是鬧着玩而已。那天我們根本沒槍，是你義兄帶了槍想殺我，卻被我的手下推倒，混亂間走火而已。當時是誰開槍誰也不知道。不過我們沒作解釋，反正我從不喜歡解釋，這次算是多說了。小子，開始吧！」

絕強龍王已然現身，對艾素等人而言，贏了他除了復仇外，還有資格再打另一個高層次的比賽，更有機會贏得獎金幫助一眾基層貧民，也是一個很好的體驗。在青藍的心中，他看見這位江湖梟雄，心底油然生出一種既敬且畏的感覺。他活在的井城中，又有多少個「勢力人士」會為貧民發聲？會出錢幫助他們？

「艾素、尼特，不如暫時專注比賽，放下仇恨。今天贏了的話，我們見到的天地會更廣闊啊！」青藍試着打圓場，也說出真心話。事實是他這次來到紐約，每天跟亦敵亦友的上本直宏在紐約青年A隊受訓，跟紐約人隊球員交流，不經不覺一個多月，自感在體能、技術、見識上都開拓不少，在不斷的磨練中愈見進步，況且差不多每晚都和艾素、尼特征戰街場，攻下 Dragon Zone 一眾強手，更見識到美國黑人的掙扎、種種成長的苦況，心忖：「我們打球為興趣為磨練，他們打球為生活為尊嚴！」

從青藍的眼神中，艾素看到這個隊友的意願，想起哥哥一直以來對自己的期望——打出一片新天，昔日哥哥辦不到的，今日就由弟弟成就。

「一言為定！你的紐約街霸賽，準備一個十六強席位給我！」艾素昂然接受阮志成下的戰書。又道：「另外，我們贏了，我要他洗掉右臂上的火鳳凰紋身！」

3 Killer Mia VS「醜鬼」尼特

Killer Mia 看看自己的右臂，冷笑道：「你是 Iron Court 五霸的幻影手，你輸了的話，我要你在手上紋上我的樣子，好好記住你今天敗給我。」

艾素伸出右拳，跟 Killer 碰拳作實：「但你先贏尼特，才可跟我鬥牛。」

「啊！有趣，有趣，好啊！」阮志成很久沒遇過如此有趣的對手。

比賽以十分鐘為限，先取十五分者為勝，入球得分可得發球權。阮志成還特意請了一名 NBA 球證到來，做好準備。

球證道：「誰來射罰球定開球權？」

「不用了！他是客，讓他發球！」Killer道。

尼特毫不客氣接過球證傳球：「是你自討苦吃，輸了可別怪自己太大方——」

「方」字甫落，人影已動，尼特快如疾風，力若野豹，箭步開弓，閃身晃左切右。

豈料Killer後發先至，竟在半個身位後伸長手一抄，將尼特準備表演單手入樽的球狠狠抄走。尼特回身立即防守，以防Killer轉守為攻。搶回球權的Killer沒有停頓的意思，實行以快打快，展開攻勢，一Fake一探，突然發力彈出，開步壓籃！

尼特移動步伐也自不慢，守着起步線道，不讓Killer順利走籃，誰知這一箭步只是虛招——

Killer五絕招之一：Killer Running Gun！

走籃、急停、騎射！中距離刷板命中！2：0。

一分鐘還未到！二人攻防來回兩次，已令觀眾看得血脈沸騰。Killer Mia五絕招不是什麽神奇、頂級、超卓絕藝，只是簡單不過的技巧，走籃騎射無人不曉，只是要把握時間，人與防守者的距離、人與球板的角度，也要一一拿捏準確才行！

「我還有四招的！先預告一下第一招──Killer Crossover Break！」Killer沒說空話，已用高速Crossover運球，一時後手運球，一時袴下運球，時急時緩時快時慢，好像兩手一直與籃球黏着一樣。除阮志成外，所有人都驚歎不已，青藍和上本自宏看得如癡如醉。

不！除了阮志成沒覺得Killer的技藝有何稀奇外，還有在人羣中的瘦骨男。當人人目迷神眩之際，他竟一針見血的道出破招之法：「兩組運球法重複了兩次，再第三次之後就會從右突入，到時看對方下盤腰間的擺動，就可封堵對方。」

不知何故，這把沙啞的聲音對其他人而言總是難聽入耳，不過對艾素、尼特和青藍而言，這把聲音無論再輕再小，都已習慣了，已聽得一清二楚了，尼特亦領受訣竅了。

「真的，從右邊切入！」尼特突堵右路，逼Killer切入時撞倒自己，球證立即判持球撞人犯規，球權再度交予尼特。

Killer不以為意，回頭跟阮志成打個眼色。阮志成微微一笑，領會其意：「是啊！高人出現了，再看看吧！」

「喂！別回望你的主人，你是同性戀嗎？看着我吧！我進攻啊！」尼特再度展開攻勢——以其人之道還治其身——Killer Crossover——Iverson Move！

運球幅度極大，變速加倍，真的使Killer被騙，慢了一步，讓尼特左手上籃得分！

2：2。

接下來的攻防比鬥精彩絕倫，Killer Mia的攻勢如行雲流水，尼特的絕強防守亦密不透風。攻守輪轉，優勢互換，叫Mia心忖：「這小子確是個防守專家，經那瘦骨男一點竅門，便自行通達，預測到我的進攻，厲害！」

比賽餘下約四分鐘，Killer Mia領先四分，10：6。但尼特竟以一記三分球追近，比分收窄至一分之差。極少投三分球的他就是找不到任何入楔空間，被迫在起手時限前出手，幸運命中！

「幸運球？」Killer Mia 挑釁道：「再來！不守你！」

「好啊！」尼特自信爆燈，首次反先叫他迷失了。三分球中框彈出，Killer Mia 絕強第三招——Killer Fade Away Jump Shoot！

「嘩！跳好高！」青藍記得在之前的港區決賽中學回來的黃庭軒絕藝 Fade Away Jump Shoot，在這見識到比他更準更高更快的，心忖：「我學得到嗎？」

13：9。尚餘三分四十秒。Killer Mia 開球，多入兩分就夠了！

「左路最弱，封右路吧！」一把沙啞聲音在人羣中鑽出來。

「又是他？」Killer Mia 知道是誰在提點。

對，就是右路，我偏要闖！

尼特封路硬挺，Killer 卻一個 Spin Move，作勢射球——Fake，以為是 Up and Under，怎料竟再度施展 Fade Away……

尼特回身算快，無奈彈得不高，伸盡手封截射球，指尖輕輕刮過球面，仍阻不住球勢，刷板彈框再回彈滑……入！

幸運地兩分給予 Killer Mia，叫他暗地捏一把汗！15：9。

差不多同一時間，全場觀眾同時吁了一口氣，為剛才的激戰鼓掌。輸也輸得精彩，贏亦漂亮。

第二場：艾素 VS Killer Mia。

「要休息嗎？」艾素問。

「我不用，你想退？」Killer Mia 讓他開球。

「知道『幻影手』的意思是什麼嗎？」艾素的運球技術絕不比 Killer 和尼特差。Killer 穩守住，左右兩路的切入路線都在他的防守快步下無從施展。「運球快，變化莫測！」瘦骨男的聲音又響起。

艾素在三分線外護球，嘗試後手運球切入，卻忽然彈後 Step Back，道：「對啊！

但還有……就是出手快、狠、準！」

三分球，中！率先 3：0。「五分鐘內，送你五球三分！這是第一球。」

艾素沒刻意聆聽瘦骨男的提示，反而一直注視阮志成的表情。同樣地，阮志成也只看着艾素的舉動，似猛獸盯緊獵物、觀察獵物般。

「留心點好嗎？你的對手是我！」Killer 看準時機，出手抄球。

「我一早留心了。」艾素待 Killer 出手一刻已久，誘敵成功，後手 Crossover 左邊 Step Back 再一記三分球，又中！

不可能！絕不可能！被對手連轟兩球？這根本從未試過有人能在 Killer 面前連入兩個三分球。不！是三個三分球！

艾素的攻勢根本不是靠眼、手、步，而是靠心中的感覺。手感已經 On Fire，而且一舉一動流露出必入的自信。這記第三球，Killer 已守得很好很好，只見艾素在三分線上起手，已經封鎖一切空域，哪料到原來是虛招，竟然懂得後手 Step Back，在三分線

後一步出手，籃球直往籃網飛去，Nothing But Net！

瞠目結舌！全場觀眾與隊友啞了！給他的進攻嚇得連拍掌都忘記了。Killer根本連發球的機會都沒有，一切都被艾素玩弄在手心上，牢牢鎖住！

他慌了，額角的冷汗如泉湧，心頭劇震，回望阮志成，卻見他一臉自然，帶欣賞的微笑，似在看着自己被對方剖心刮腹般，極無情和殘忍。

第四球，中。戰心盡失的Killer，在艾素着魔後的第三球開始崩潰。

第五球，中，完勝！Killer雙膝跪地，兩手劇震，抱着頭掩着臉道：「不可能啊！不可能啊！」

這時，一隻沉穩有力的手拍下來，道：「Killer，兄弟，輸了，別哭。活該啊！對方一直都保留實力直到今日，知嗎？你不單輕敵，而且不自知！說真的，不論你被擊倒多少次，都不會有人同情你啊！尊嚴是靠自己掙回來的。起來吧！別丟我龍城幫的臉。」

阮志成一手拉起這位兄弟，觀眾們屏息以待，連空氣都變得緊張了，人人精神繃緊。因為大家都知道接下來的，是一直都想看的鬥牛比賽！

「你一直都隱藏實力？就為今天？」阮志成邊拉筋熱身邊說。

艾素冷冷回應：「這三星期以來，你的四大廠隊都已敗陣數次，每一次，我只上陣三分鐘而已。贏他們的，根本就是我的幾個好隊友！」說話的時候，他回頭看着青藍三人，男兒熱血即往上湧，好兄弟心照了。

阮志成又問：「那即是說，這次復仇戰，你等了很久？」

艾素點頭：「等了兩年，苦練兩年，當年你贏了我哥，逼他打毒針，卑鄙！」

阮志成冷笑一聲：「No, no, no！毒針的賭約不是我定的，是他的兄弟和幫派，他們把他帶來說要這樣賭，與我何干？球場事球場了，你哥輸了，我可沒叫他打針，是他自願的。他的兄弟發爛，自遭槍殺，也是自找的。」又道：「說真的，仇是要報，但打毒針和殺人的罪名，我可不能白認啊！不過沒緊要，反正你這仇未必報得成。你能贏嗎？」

「你這麼喜歡狡辯，那什麼都不用說了，乾脆開始吧！」艾素接過球證的球。

阮志成擺出無任歡迎的手勢，道：「我確實沒狡辯，說的是事實，你不信，我也不多解釋。但我欣賞你，也欣賞你哥！太可惜了。兩兄弟硬要來輸給我。唔……我忽發奇想，不如改改規則！」

「你想怎樣！」艾素道。

「我先輸你十五分，十分鐘內，我全數追回來兼反勝，如何？你可繼續進攻得分，你得幾多，我便追幾多！直至反勝你為止，時限十分鐘。」

這真是藝高人膽大，狂人就是狂人，永遠都不會猜中他的心思意念。他這種上天下地唯我一人的霸者態度，根本在宣告：「我主場，由我來親手敗你，還要你敗得心服口服。」

用追分的方法來打敗對手，確實比任何一種方式更難，更有挑戰性，而且落敗的一方會更無地自容！

「你一定會追到我？」艾素對他的建議有懷疑：「自大狂！」

「你不敢讓我追你？」阮志成帶挑戰的口吻：「早知今日，何必當初？想退，現在是時候！」

「退？我苦練兩年，苦等兩年，才組成一隊來打垮你，我會退？」艾素踏前一步，指着阮志成說：「無論我哥是怎樣都好，他從前的敗，我今日替他贏！來吧！」

4 簡單，絕不簡單

阮成志，三十歲，運動巔峰的黃金年齡，龍行天下，王者風範！

艾素，夏威，十八歲，初生之犢不畏虎，潛行地上，一鳴驚人！

比賽開始，艾素直如 Stephen Curry 或者 Ray Allen 上身，三分球只在四分一秒間

出手，阮志成早料此着，心忖：「想用擊敗Killer的招數來贏我，未免太小看我！難道你真的以為我和Killer一樣好對付？」

啪！時間判斷和跳躍反應簡直一流，迅雷間已然躍起封了射球，一手攬下，轉身開步反攻！

艾素確沒料到阮志成的敏捷度異於常人，短短一兩秒間連消帶打往籃上衝去，他只好像送飛機尾般看着阮志成來一個躍得極高的飛行式MJ入樽。觀眾、記者、手下、青藍、上本、尼特同因剛才這一擊震懾當場！

「我每天的操練不會比NBA球員少，我的球團和私人訓練員不會比任何一位球星差。你別呆着，十五分好易輸光啊！」

阮志成端的沒錯，他深明單打獨鬥的竅門，能預測對方的攻勢，早着先機，很快便奪回發球權，閃電般的身法在艾素面前左左右右的虛幌，如電光疾閃，如流星劃空，確比很快的艾素——更快！

砰！今屆 NBA 明星賽入樽王──木狼隊──Zach LaVine，三百六十度穿腰單手鋤樽，阮志成 100% 完美演繹！

「5：4，阮志成已追四分。

「尚有八分，餘八分鐘！」

明明尚有十一分差距，但阮志成說是八分，因為第三波攻勢是──

「三分球！」瘦骨男衝口而出，大聲提場。

艾素亦料此一着，經瘦骨男一提，已上前緊迫，卻仍慢了半步！阮志成出手之快，投球的弧線極美──穿針命中！真的！尚餘八分差距。

「我不會停攻！你也不要停防啊！別放棄防守我，別讓我失望！」阮志成一邊說一邊運球壓籃，道：「我的背籃功挺強的，感受一下吧！」

「他想用不同技巧來取分，想告訴所有人，他的招數層出不窮，艾素就像一隻被困實驗室中的白老鼠，快被解剖！」青藍對上本道。

又得兩分！籃下 Up and Under 加 Fade Away Jump Shoot，這是 Jordan Move……Kobe Move？

尼特歎道：「Michael Jordan 曾說過 Kobe Bryant 偷走了他的所有得分絕技。此刻，阮志成偷走了 Kobe Bryant 和其他球星的得分絕技。這個人，真的碰不得！」

青藍皺着眉：「真的沒方法贏他？我偏不信沒方法。」

「有！細心留意他的小動作……他想切入剷籃時，一定先作 Step Back 佯裝射球，左面是他的起動點；他想 Jump Shoot 時，一定先 Crossover……當然這小動作極快極幼細，要比防守其他人多留心兩倍以上！」瘦骨男不經不覺地走到青藍身後的圍網外：「小子，想方法提示他，要他留心！」

再中一記三分！15：12！阮志成追回十二分，比賽尚餘四分鐘。

艾素一直處於捱打狀態，一直被阮志成幻變莫測的攻勢弄得頭昏腦脹，連阮志成身邊的得力助手 Killer Mia 也驚歎着：「怎麼他的進步以幾何級數提升？我一直都不知道啊！」

青藍得到瘦骨男的提點，立即聚精會神的盯着阮志成的一舉一動，細心觀察所有微細的小動作。這是慣性！每個球員都有自己的慣性，「就好像擂台上的拳手，一定有自己的一套音樂感，主宰着步法韻律、攻防習性。」青藍悟了，通了，醒了！他喊道：「艾素，Step Back 是假的，他想切入──」

話聲甫落，艾素照單全收，阮志成也驚詫於被人看穿底蘊，卻已起動攻勢，不能低頭，決意硬闖！艾素拚命守住切入路線，二人同時躍起，一攻一封撞個正着，最後還是球證鳴笛，吹罰艾素犯規，判兩個罰球！

阮志成回頭一望，跟青藍四目交投，凌厲的眼神叫青藍微退半步。阮道：「艾素，你的幕後軍師真多啊！」

第一個罰球，進！15：13。

艾素保護朋友，道：「他是香港來的，參加 NBA 集訓的亞洲青年高手，每天都在紐

約人訓練，身旁的日本人也一樣。」又道：「好隊友提場很正常，你沒有，是因為你只得一個人。」

「錯了！是因為我不需要提場，不是因為沒有隊友。」第二球，又進！15：14。「只差一分了，你從不打算拉遠分差嗎？還是從未有過發球權？」

阮志成站在三分線外，環視四周觀眾，又再度跟青藍交換一個眼色，臉上有着挑釁意味極濃的詭異笑容，說：「你猜到下一球，我會如何處理嗎？」

艾素大喝：「喂！你的對手是我！比賽還有三分鐘，未完，你亦未勝！」

突然，阮志成把手上籃球放在地上——三分線頂！然後走進鎖匙圈，道：「這一球的進攻權，讓你！」

什麼？這是極大的侮辱！

艾素和隊友們怒目而視，他道：「這算什麼？看不起我們嗎？」

觀眾中，有些也敢怒不敢言，對阮志成的行為感到討厭，但他解釋：「不，我是想增加難度！別誤會！」

「你想玩什麼花樣？」艾素道。

阮志成指着分板：「時間沒停，尚餘兩分半鐘。我讓你進攻是因為我要讓你知道除了進攻，我的防守也吃定你，你有本事在我的防守下得分才有勝算。相反在這兩分鐘內你一分未得，輸一個服字也很應該吧！」

攻，要贏，守，也要贏！原來狂人的狂傲已到此境！

「兩分鐘，別讓我失望！Come On！」阮志成拍拍手，全神戒備。

艾素拾起籃球，腦海思索着採取什麼攻勢，幻影手在阮成志面前不再魔幻，該如何打？

「探子步、左右虛晃、射球的三脅勢，愈簡單愈有效！」瘦骨男再次提醒。

而這一句，直如一支通了電的銀針，刺進艾素的腦際，刺激他想起這句話來自一個人──哥哥──艾迪．夏威！

那是艾素初練 Crossover 有小成的時候，他總是得意地在哥哥面前賣弄花招，卻沒有一次騙得過艾迪的法眼。那時艾迪總說一句：「採子步、左右虛晃、射球的三脅勢，愈簡單愈有效！」然後親自示範如何面對敵人，一個採步，一次虛晃，運用三脅勢，一招多變向，已足夠有餘。那時艾素不相信，艾迪卻每次都用同一招贏盡 Iron Court 所有高手！

「眼前的狂人也可以用這簡單的招數來對付嗎？」艾素狐疑，而這句話再次響起的不只是進攻的提場，更是哥哥的印象的呈現……

艾素不自覺的採子步，佯右，阮志成退右……

艾素在自然反應下作勢射球，也引得阮志成上了半步伸出手封鎖……

「有效吧！該有效吧！」艾素的舉動真的牽動了阮志成的防守，牽着他的鼻子走……

再來！採子步，佯左，作勢射球！

阮志成真的在想：往右還是左？他想怎樣？

艾素展開的攻勢不是左不是右，是射球！一記中長距的穿針射球，喚醒了低迷的自己，激起了全場的掌聲雷動半空！

尼特、青藍和上本一同振臂高呼！17：14。

比賽最後一分鐘。

「多謝，你的自負讓我得分！」艾素再度展開攻勢。

阮志成確沒想過，簡單得連小學生都懂的三脅勢，竟然是自己被人得分的招數，確是可笑！「那瘦男人又是誰？他一而再地提醒你啊！哈！你的奶媽真多！」

阮志成要用垃圾話了！他從沒用過這低裝招數。此刻，他不經意的說了幾句，是內心深處的信心動搖了嗎？

再簡單的招數，不一定不管用。反之，想得太複雜太花巧，未必是好事！阮志成怎不明白，上了一次教訓的他會多吃一次虧嗎？

答案是——不！他寧願等，等艾素出手，不再妄自判斷，慢是慢了點，可他相信自己的速度能從後趕上！

艾素，出手了——三分！中框不入，彈出——「卡位搶板！」

二人好像摟成一團，爭着搶着，在時間的流逝間，還是阮志成快了三分之一身位，抓到籃板球，轉身快射，務求追平分數！

艾素萬料不到阮志成出手既急且快，根本連瞄籃都沒有——靠的，只是對籃框的感覺！

絕殺……追平！17：17。誰也沒贏誰！

扣人心弦的一場激戰，仍叫二人的心砰砰亂跳，觀眾不住竊語、歡呼、驚叫，對艾素和阮志成投以欣賞的眼光。

「跟你哥一樣，平手，但我不認為你會勝得過我。」阮志成抹着汗：「但你已做到了很多人一直都做不到的事。我決不食言，這部車屬於你，另外全美街霸三人籃球賽的紐約區十六強席位，其中一席，由你的 Ironman 出賽！」

「捉住他！快！」Killer Mia 一直想做的事，正是即場逮捕瘦骨男——這個料事如神的幕後軍師。「我就要看你的真面目！」

艾素等人急忙回頭，看見被幾個大漢抓着的瘦骨男，他們都極好奇到底每次神龍見首不見尾的他，生個怎麼模樣！

在拉拉扯扯的混亂間，瘦骨男竭力掙扎，連右手的衣袖亦給扯斷——赫然露出一條手臂，一條栩栩如生的火鳳凰臂膀！

「哥？」艾素驚喜得大叫着！

「果然是你！」阮志成和 Killer Mia 互使眼色，心中暗笑。

「艾迪？」尼特無法相信眼前所見的是事實。

阮志成揚一揚手，示意清場，讓球場中只剩下瘦骨男、Ironman 全隊、Killer Mia 和他。在聚光燈映照下，瘦骨男無所遁形了，而他要解的謎可多如恆河細沙。

5 瘦骨男的重生

艾迪．夏威——瘦骨男——預言家——被喻為全美高中超新星——紐約人新希望——正是眼前這個臉黃肌瘦的青年。

咳……咳……他掩住右臂上的火鳳凰紋身，驚慌失措的找一件外套蓋着自己，不讓親弟和好友看見。「『火鳳凰』艾迪．夏威，別當縮頭烏龜啊！你一直暗中當個預言家，幫助你的好兄弟，如今我讓你們一家團聚啦！哈……快多謝我吧！我最愛幫人。」阮志成叫手下脫下西裝外套，給艾迪穿上。他道：「我的手下一直都在找你，我卻說總有一天你會自動出現，你想親眼看看你的弟弟能否把我打敗。為了這一天，你等了很久啊！」

艾素看着眼前瘦如柴枝的哥哥，心情複雜得難以形容，根本找不到合適的形容詞來說明當下的心情。原來，哥未死，那為何要逃避，為何不肯回家？為何弄得人不人鬼不鬼似的……這個月來又為何不肯相認？如果不是被人抓住，是不是仍會偷偷溜去？這種悲、喜、驚、怒如一杯難調的雞尾酒。

尼特了解艾素的心情，自己也不比他好，但還較冷靜些。他走上前，面對艾迪．夏威，推了他一下，叫他退了幾步，險些倒地，大嚷：「你幹嗎呀你？像鬼一樣！還自以為很厲害？扮一個幕後預言家來幫我們打比賽？你知道我們這兩年為了你有多辛苦嗎？知道我們苦練兩年是為什麼嗎？你既然死不了為何要離開我們？你知道艾素和你媽媽有多傷心？你知道教練和我們一班好兄弟有多痛嗎？」

尼特愈說愈激動，一拳便往艾迪臉上打去！

艾迪倒在阮志成面前，一臉頹然。阮志成阻止尼特：「別打他了！這一拳便當還債吧！你們未來要走的路很遠啊！你真的想打傷他嗎？這癮君子已無還擊之力，與其浪費力氣，不如省着，留待我的街霸比賽才發力吧！」

此時，青藍和上本也上前扶起艾迪．夏威。上本道：「前輩，多謝你一直暗中幫助

我們。」

青藍也勸道：「兄弟重逢了，不是一直想要的完美結局嗎？為何又要破壞氣氛？要開心才對，我們想聽的故事可多着呢？」

「而且還有下個月的街霸賽要打！你們別想甩開我倆啊！」上本直宏笑着道。

「哈……好呀！連兩個亞洲小子都想打，我送你們這一席都值得吧！就看看你們到時能在十六強中走得多遠！後會有期！」阮志成識趣地轉身離開，Killer Mia和其他手下也跟着離開。Killer Mia回身道：「這裏五分鐘後關燈，快離開吧！還有，下次正式比賽時，我會贏回一仗！」

艾素和尼特沒有答腔，心想青藍和上本的話不無道理，這是喜事才對，一切要知道的，相信艾迪一定會說，一定有他的苦衷。

「回家吧！哥！」艾素終於開口。

艾迪緊閉着眼，不想讓眼淚流下，可是艾素和尼特的淚早已崩堤了。

原來，兩年多前，艾迪選擇不回家，除了因為染上毒癮外，他還真的誤會了當日開槍殺死「裝甲車」的人是阮志成的手下，真的以為會被他尋仇，連累家人。然後往後的一年半，他加入了Dragon Zone外圍的賭波集團，他們專用毒品引誘一班癮君子，替他們做些非法的事，艾迪也因而墮落了，再也沒顏面回去見家人。

直到半年前，他遇上了區內的一名「過來人」──一位白人牧師。需知道，要在紐約黑人區傳教，還要是一位白人牧師來到黑人地盤傳教，壓根兒就是玩命，但這位牧者不怕。

「那次是為偷他的錢來買毒品，誰知他功夫了得，制服了我。但他沒有告發我，還帶了我返教會，在教會的地牢因了我幾天，哈……後來我還笑說應該控告他非法禁錮。」翌日早上，艾迪梳洗乾淨，跟母親相認了，哭哭鬧鬧一場之後，將這兩年內的經歷告白出來。

他續道：「這位牧師叫摩西．馬隆，跟NBA名宿摩西．馬龍同音，是個柔道高手。

哈……他制服了我，打暈了我。但他帶領我走出毒海，走進神的世界。咳……他用了四個月的時間助我戒毒，給我在教會找個職位，鼓勵我重新振作，練好練體能和籃球，更鼓勵我跟你們相認……這個多月來，你們硬闖 Dragon Zone，打到他們落花流水，我也暗中叫爽！直至我知道你們的真正目的，原來是替我報仇，我便知道，我有責任協助你們……」

「火鳳凰瘦了，還能飛嗎？」忽然，一把熟悉的聲音在客廳玄關傳來。母親一早打電話給費雪總教練，把一切都告訴了他。

客廳中，艾迪和艾素兩兄弟、青藍和上本，看見費雪總教練和基達斯教練，心頭一陣劇震，熱血上湧，脈搏興奮躍動！

「教……教練！」艾迪激動得雙拳緊握，站起身來。

費雪微笑道：「你媽剛才打電話來，說有一個迷失的青年回歸了，我和基達斯便趕來看看啊！哈……那位懂柔道的摩西牧師，真的帶你走出了毒海啊！厲害！有機會要拜訪他。」

「唔！一定！」艾迪高興地點頭。

基達斯看着青藍和上本，用怪責的口吻說：「這個多月來，你們苦練的招數在晚上大派用場啦！還有力氣征戰街場，證明我們紐約青年A隊的訓練量實在不足，你倆還有氣力打敗街場的高手，還跟他們組隊參加下個月的街霸比賽。」

青藍知道教練在說笑，也不好意思的道：「我和上本都想見識一下正規賽場和街霸籃球……」

費雪截住了他：「別多說了，無謂解釋。哈……我們派出看顧你們的人都一一匯報了，你們在 Dragon Zone 的比賽都錄了片，我和基達斯看了。」

「什麼？原來……」上本衝口而出，「哈！美國是世界最強的──在情報方面。」

「好了好了！開場白和廢話不多講了。」費雪收起笑臉，嚴肅的道：「還有三個多星期，阮志成的『全美街霸三打三』比賽十六強開打，每隊五人，你們剛好。現在請收拾

整理好行裝，跟我倆回紐約人訓練館特訓。」

基達斯補充一句：「我和費雪不想你們比賽落敗，丟人現眼，損害紐約人的聲譽。」

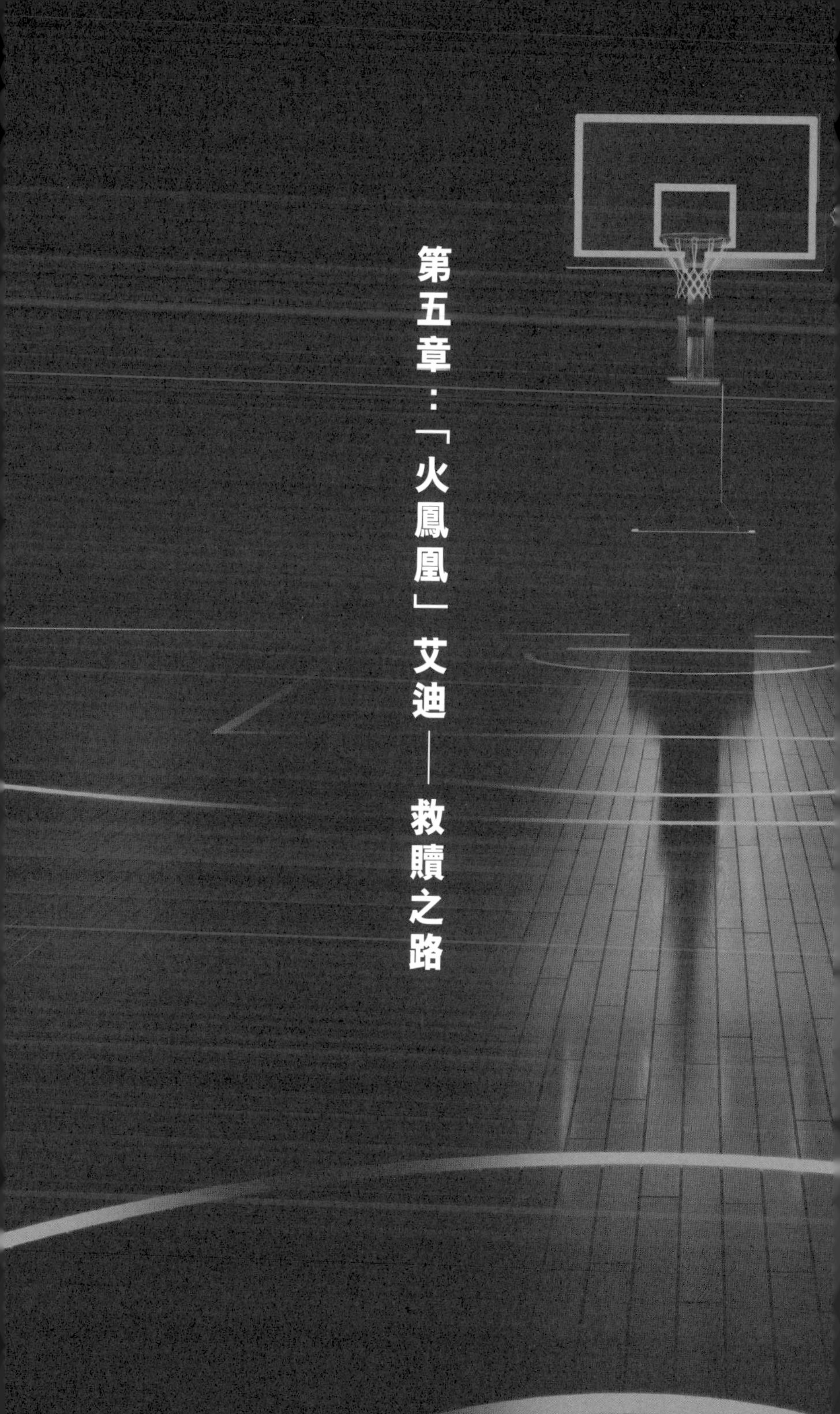

第五章：「火鳳凰」艾迪——救贖之路

1 醒覺

「儘管跟上來吧！即使……你的情況多糟，我們對你沒太大期望……不過你儘管跟上來吧！」

艾迪．夏威回歸紐約人青年A隊已經兩星期，聽得最多的就是這一句話。他眼看着親弟艾素、好友尼特，和兩個新相識的亞洲青年──殷青藍和上本直宏，練習投入，奮力認真，再看看自己的體能狀態、肌肉力量，以至所有籃球的技巧及基本動作，都像一個門外漢。談論、觀察、經驗……等等不用花體力的都沒問題，仍是高手思維，只是一上場練習、健身室鍛煉、街跑，便只限六十分鐘，最多。

「以前一口氣練四、五小時都面不紅、氣不喘，如今一副爛身軀，真的捱得住嗎？全美街霸賽可不是鬧着玩，我不想成為隊友的負累。」艾迪少有的懷疑自己：「我要變強，變得比以前更強，可以嗎？」

獨個坐在場邊休息的他，喝口水，筋骨的疲勞和精神的磨折實在難熬，以前的隊友知道了他這兩年的經歷後，已經接納了他，可是他自己最清楚，思維與體能的角力，上陣比賽，談的是實戰啊！

「比賽未到，已經投降認輸了？」基達斯教練走過來說：「你看啊！青年A隊的幾個隊友，以前是你教導的小夥子，如今他們成長了，還得了大學獎學金呢！

「你看啊！兩個亞洲人的苦練，跟你以前的訓練量一模一樣，辛苦到想死！費雪總教練想留他們在紐約，正在想辦法。

「你看啊！艾素和尼特知道自己的弱點在於急停跳射欠穩欠準，現在還加操特訓。這招變向急停跳射，是你的強項吧！

「你看啊！我們紐約人和紐約人青年隊從不參與街霸賽，但費雪總教練和球團商量，特准你們五人繼續操練參加這次比賽，知道為什麼嗎？」

艾迪當然感到費雪叔叔和基達斯的苦心，點頭道：「阮志成的街霸球賽，是我們跌低的地方，參賽，就是要在跌倒的地方重新出發！哪兒倒下，哪兒站起來！」

基達斯也點頭，道：「還有啊！就是讓你打場漂漂亮亮的街霸比賽，成就你的救贖之路！」他拍拍艾迪的肩頭：「你和艾素在街霸拚生死，你們的重生路也該由街霸開始。他為你背着兩年多的仇恨，你為他背着兩年多的罪責，該是時候了結吧！成就一場比賽，得獎與否跟你的救贖攸關！前年湖人隊，Kobe Bryant 連奪兩次總冠軍，他一直負着湖人王朝的重任，負着後 O'Neal 時代的罪與責，終於奪冠了，他的救贖成就了。」

「我跟他一樣嗎？」艾迪看着自己手上的火鳳凰。

基達斯笑道：「每個人的情況都不同，只是，你得為自己的未來奮戰下去的話，就得重新振作。Carmelo Anthony 跟我說，如果你們 Ironman 打入決賽，他一定會來支持，而紐約大學籃球隊更願意付獎學金給你的弟弟和尼特。」他又重重的打了艾迪的肩頭一下：「你肩負的責任很重啊！重生的火鳳凰！」

與基達斯的一席對話，艾迪猶如迷航遇燈，點亮了要走的人生方向，清楚明白自己要負的責任，他說：「我的力量不及，要練回來！這場比賽關係到兄弟的前途，我不可怠慢。」

距離「龍王國集團」主辦的「全美街霸三打三籃球賽」十六強賽事尚餘三星期多，要在短時間內調整身體，提升狀態，達至與全國好手較技的水平，確實難若登天，許許多多的質疑和言論都在隊友間的私語中議論着。

「以前的他一定行，今天的他……算了罷！當背後軍師也許較好。」

「整隊 ironman 夠強了，兩個亞洲人加兩個街霸大才已經夠打進決賽，現在反而多了一個負擔。」

「他的射術實在叫人聞風喪膽，喻為被上帝親吻過的右手，準繩度確實叫人無言。可是今時今日……艾素和尼特比他更準，還要他幹嗎？」

「論速度，青藍和上本也不比他慢，四個人夠打了。」

雖然一直苦苦特訓的艾迪自知已進入狀態，開始跟得上練習的強度和節奏，可是在他心底深處，謎思和糾結都未解開，別人的言論令他反復地懷疑自己。教練的提點令他在這一兩星期內進步神速，就是在心理質素上，以往的大心臟竟變得小了。

有一天，教會的朋友到場支持他，牧師也來了。這位臉目慈祥的老牧者先跟費雪和基達斯問好，三人都在討論如何令艾迪重拾自信。突然，「砰嘭」一聲！青年A隊的強力前鋒菲力斯在籃底一個轉身，力壓艾迪來一個大力入樽，震動全場！

菲力斯的垃圾話功力從不比人遜色：「在我面前，你瘦小的像一隻初生小雞！回家吧！昔日的球星！」

艾迪心有不甘，卻沒有任何回應，他在默認嗎？

「媽的！滾開。」艾素第一時間衝上前，一把推開菲力斯，二人在地上扭打起來，隊友們紛紛加入，你推我撞，有的在拉開打架的兩人，有的在口角。唯獨艾迪一人站在原地，心忖：「剛才我是可以封下他的，怎麼力不從心？」

費雪和教練們終於分開他們，練習一度中止，幾度休息冷靜。

這刻，艾素和青藍等人都在安慰艾迪，教練團把搞事的菲力斯及幾個惹事隊友分開。「艾迪，跟我走吧，返教會聚會，今晚再來練習，Ok？」牧師得到費雪同意，帶走了艾迪。

回到教會，也不是什麼聚會，一個人都沒有。

「牧師，聚會的教友呢？」艾迪問：「如果沒有，我得回去練球。」

「不！你等我一等。」牧師在書櫃中尋尋覓覓……

終於，他找到了一份新聞訪問。他給艾迪遞上這訪問稿、一支筆和一張卡板紙。「你看看這則訪問，挺有意思。」

John Wall——華盛頓巫師隊正選明星控衛，訪問中提到，John Wall 的手機中存有一份列表，全都是一些對他有過質疑、批評和輕視的言論，每次上陣比賽前，他都會看一遍，用來激勵自己，要在球場上全力發揮。

那時候，John Wall 沒有入選全美高中明星隊，不是全美年度最佳球員、最佳新秀，但他用這些來激勵自己。他說：「我將那視為更大的動力，證明他們的錯誤標籤並不適用。」

牧師摸摸他的頭，道：「小子，怎麼廿歲的年紀有八十歲的心態？你要明白，上帝不會在一夕之間讓你變強，不會讓你長高到七呎，不過他總有辦法讓你足夠在場上發光發熱。你不得分，可以傳道，可以抓板，可以助攻，可以防守，將累積起來的種種小事，變成為球隊爭取勝利的大事，不就是一種貢獻嗎？而且，上帝早已賜予你別人沒有的智慧——洞悉力和預測力！別小看自己的光與熱啊！上帝的恩賜很奇妙而且你不自知呢！」

艾迪傻傻的看着訪問，若有所思，似有所悟。牧師繼續道：「你知你的費雪叔叔在當球員時，雖不是明星賽常客，不是超級巨星，可他是眾多明星最想夥拍的球員之一嗎？早前在雷霆隊教練的訪問中，提到費雪當球員時冷靜、籃球智商高、領導力強，就連前隊友兼著名球評家 Rick Fox 都說：『很多人不知道當機會來臨時要怎麼表現，費雪卻會清楚了解，且懂得在壓力下做自己該做的事，令球隊致勝。』你是艾素的偶像、是尼特的偶像，他們的好與壞都在於你的表現。他們未必要求你場場轟入三十、四十分，卻想你擔任他們的領導者。」

說罷，牧師着艾迪在卡板紙上，寫上每一句曾聽過的質疑或侮辱他的話。寫滿了之後，他用手機拍下來傳給艾迪說：「每次練習或比賽前，看一遍、兩遍、三遍，直到你愈看愈怒為止！」

2 青藍的草根訓練法

練習，似是一套乏味又重複的電視劇，每日都在上演同一樣式的情節，偶爾加入新項目或新的訓練動作，可是仍在框內。球員的動作練習以百計算，讓肌力習慣、記憶，令每次出手都如出一轍。

對紐約人的所有球員而言，重複又重複的訓練仍樂此不疲，因為他們知道這樣才會變強。青藍在這兩個月內，由不適應到習慣，由習慣到變強，一路發現自己的水平已提升到一個更高層次，加上每晚的街霸鬥牛賽，確令他眼界視野、體能心智一一升級。

「不知道我的隊友們在其他球隊是不是也跟我一樣呢！好興奮，好想快到下個月的重聚日，待我打完街霸賽後，再跟王凱、徐風等人打個痛快！」

由於比賽將近，十六強之戰已抽籤誕生，Ironman首戰要對付的是新澤西州的Rainning Day，也正是全美高中三分王雷奧．米拿的球隊。「我們要特訓，十日後比賽了，這十天要加操，晚上八時後體育館見。」艾迪決定擔當領導角色。

「但我們沒有教練團指導，練些什麼？」上本直宏道。

「Hey，如果大家信得過我，可以讓我試試安排訓練嗎？我的訓練招數不用教練團的，不過真的很有效，可以在短時間內提升體能。」青藍打開早前基達斯給他看的父親訓練日誌，裏面記錄了許多草根式訓練方法，皆能提升球員的體能和技術水平。「我們港區的學界球員當然沒你們的專業，要練要捱的都不在健身房中，連室內訓練場都沒有。」

「嘩！怎練？我想試試看。」艾素對這本日誌極好奇，且對青藍的信任度愈來愈高。上本直宏略懂中文字，接過來看也感到驚訝：「當年父親敗在青藍爸爸手上，原來這個人的技術是這樣練回來的，厲害！」

「上本，怎樣啊？怕？」青藍深知上本的好勝。

「怕？是啊！我怕艾素、艾迪和尼特不習慣！」上本掃視眼前幾位隊友。

艾迪止住他的話：「十天時間，每晚加操！青藍，你來當教練！一隊人一條心！」

五人互相擊掌，一言為定。

站在場館一角的基達斯和費雪看在眼裏，交換眼色，費雪輕帶笑容：「艾迪兩兄弟的火回來了。真有你的！青藍的日誌和牧師到訪，實在安排得好！神來之筆！」

原來，基達斯知道要令這隊人振作，一定要使隊中靈魂覺醒，又知道青藍手持的那本父親的日誌確是一部武林秘笈，遂略施小計，成就大事。「青藍很有乃父的風範，有他的感染力，讓他來當兩兄弟和隊友之間的磨合劑。」

當晚，八時正，上本、尼特和艾迪兩兄弟齊集體育館，青藍比他們更早到，做好準備。

「嘩！很熱，怎麼不開空調？」上本直宏嚷着，其他人也抱怨着。

青藍只開了兩台抽風扇，然後跟大家道：「緩跑三圈，拉筋熱身。在這溫度下進行訓練，心肺功能會大大增強，一會兒來回跑、傳、射、走籃，然後再來三次五個位置三分球訓練，要不停走動。」

「好！好主意！」艾迪身為隊長，率先開始緩跑，「Kobe Bryant 曾講過自己的成功在於拚死的堅持，我們要成功也要一起跟着做。」

艾迪的態度是正確無誤的，要成功便要付出，要得到大成功就要更多的付出，許多

人只看見成功人士的風光，然後羨慕、嫉妒，總忽略他們成功背後的血淚史。人，總得訂好目標往上爬，中途會跌、會痛、會放棄，但正如超級球星Kobe Bryant的「黑曼巴哲學」中常說：「當你站在山腳下抬頭遙望山頂，而且是一直盯着山頂看，可能最後會因目標太遠而失去挑戰的勇氣。但如果願意一步一步慢慢前行，縱使疲憊都不放棄，突然間你會發現：『噢！原來自己已站在山頂！』，完成了本來以為遙不可及的目標。」

連續一小時的來回跑及控球跳投，再接續一小時的三分球訓練，在悶熱難耐的溫度下付出了比平時多三倍的體能，令準繩度下降、穩定度下降，一切一切都下降。上本直宏的武士道意志非凡，尼特一路跑一路想起悲慘的童年，艾迪和艾素一邊跳投一邊叫救命。青藍剛剛相反，想起以前抬石油氣樽跑樓梯，海中拉車胎的經歷，這些都習慣了。

「堅忍是成功最大的本錢。」他爸爸這樣說。

在體育館熬了兩個多小時，晚上十時半，各自回家，青藍提議：「跑回去！揹着這些，拿着這些，我問基達斯教練借的。」

揹着：沙包。（二十磅）

拿着：啞鈴。（三十磅）

各人跑回家，路程四十分鐘，在外國，沒車代步會死人的。

「翌日練球，請帶着這些跑回來！」青藍跟上本同住一宿舍，競勝心尤烈，二話不說便提着啞鈴掄起沙包，轉身跑去，只剩下艾迪兄弟和尼特正討論這是個玩命的瘋主意……

他們做到，我們做不來？天呀！這些訓練草根得可以，不過有效！

三日後，五人都習慣了，力量更大了，在籃底鬥牛時更具力量，連早前在籃下硬爆艾迪的菲力斯都感到無從入手，艾迪穩如磐石，堅如鋼牆。

第六日，五人來回跑的跳投及三分準繩度漸見提升，肌肉完全適應了高溫練球的強度，由起初射十中二到現在超過五成命中率，確實是神速的進步。

「看來青藍的訓練方法激發出他們的超高意志啊！」費雪跟基達斯道。

「他們本就潛力無限，只要找到刺激點便能大有作為。」基達斯點頭道：「三人街霸賽只打兩日，一日應付兩場比賽，問題該不算大，只是三人籃球的節奏和戰術跟五人比賽完全是兩回事，我會在早上操練時多教他們一些。」

第九日，五人嘗試挑戰青年A隊最強的三人組：簡達、菲力斯、畢列拿三位準NBA球員。

三人街霸賽只打兩節，每節十分鐘，快上快落，被入球的一方得發球權。這場友賽絕非友誼第一，比賽第二。對眾人而言，這是考試，特別是艾迪，他戒毒成功後便很少打籃球，在這一個月內強行催谷，在實戰上的表現會如何？

「懷疑我，從來是多餘的。」艾迪．夏威的火鳳凰重生了！他把牧師傳給他的照片看了一次又一次，寫滿的質疑話都成了廢話，在兩記三分球之後成了無關痛癢的廢話！

艾迪只是一步簡單的右移，單擋後一個急停「Fade Away」——三分球，中！

菲力斯的緊逼全然無效，艾迪接過青藍的彈地球，假裝切入，卻原來是後手傳球予艾素空中入樽！

兩節下來，Ironman 隊以八分輕勝！

「草根練習法真的奏效！」尼特跟青藍擊掌。

艾素也道：「後天比賽了，這兩天繼續草根下去。」

上本笑着搭腔：「青藍，你爸的練球方法是我試過的最有趣方法，今晚如何？」

青藍道：「今晚不再草根了，基達斯教練和費雪教頭會親自教我們三打三的策略！明天全日休息，輕鬆投籃練習後便放鬆自己，迎接比賽。」

3 不傳之秘

五打五全場的籃球比賽跟三打三的形式絕對不同，因為空間闊大了，時限只得兩節，要求球員個人技術的精煉度會更高，而且要配合適當的走位及擋切變化，利用較大空間製造空位，讓球員盡情發揮。五打五講的團隊合作和三打三的走位合作略有不同，然而三打三的節奏更快，觀眾會看得更過癮。

基達斯知道費雪總教練對艾迪兩兄弟的殷切期望，希望他們可以振作，透過籃球來改善生活。這場比賽贏了不但有獎金，更有學位的贊助、球隊的邀請，有很多球探和球團會派人觀戰，如果能在這比賽中揚名，確是美事。

前天，艾素問費雪：「教練，你以前說我爸是個好球員，但我媽說他只是大後備，是什麼回事？他……強嗎？」

費雪想了一會，回應：「他確是好球員，而且在湖人隊中舉足輕重，不是在場上，而是在更衣室裏。無論贏或輸，他都是個熱血傢伙，在團結隊友、鼓勵隊友，或者當看見年輕球員不認真時，更會上前修理他，O'Neal和Kobe都被他教訓過。」

「超級巨星都被他教訓過？」艾素一臉驚訝。

「你爸是老派球手，我們很尊師重道的，當然要聽前輩的教訓。」費雪肯定的點頭：「他是魔術手莊遜的拍擋，兩個人年輕時都是街場好手。可能是你媽認識他時已經老了，退居我們所謂的助教兼球員，才以為他是個大後備，實際上他的沙場經驗極豐富，是我的明燈。」

今晚，比賽前一天，費雪要教的，正是艾迪兄弟老爸的不傳之秘，協助演繹和示範的更令他們意想不到──

Carmelo Anthony、John Wall、Kevin Love，當今 NBA 炙手可熱的三大球星！費雪的面子可真大，三大球星也請得動。Anthony、Wall、Love 已經是獨當一面了，三人一同來協助教授，確叫他們感到受寵若驚。

John Wall 走到艾迪面前，給他看手機：「你看，這些留言都是批評，就把他們化為殺敵的動力！」又摸摸他的頭：「小子，我也是街場出身的，街霸賽的技倆，我瞭若指掌。」

Kevin Love 示範如何在高大的球員面前，只靠球感投射三分，道：「你的肌肉是有記憶的，重複又重複，讓你的大腦告訴肌肉，出手的力、質、拋物線如何配合。」

至於 Carmelo Anthony 則教青藍和上本直宏如何在隊友進行擋切期間，利用時間空隙進行兩秒內的一打一突擊技術。二人聽從、觀察、練習，獲益良多。「噢！超酷啊！三大球星教我們打街霸籃球，我一定要跟王凱、徐風等等分享，叫他們羨慕一下。」青藍愈想愈興奮，學到的東西比白天的訓練更多。

絕招！John Wall 閃右切左 Step Back 跳投，簡單直接！他們一晚間練上數百次。

絕招！籃底轉身 Fade Away 及 Up and Under 的四種變化步法，要在 Kevin Love 面前成功得分才叫及格。

絕招！雙連擋切入、三分、中距同一時間三變，令進攻變得多元化，難以捉摸。

這些招數實用又易學，在實戰上大派用場，在基達斯和費雪指點戰術下，在三位球星示範下，清楚、有力、好用。青藍心忖：「跟他們進行三打三對抗賽，簡直是夢想成真的二重奏！」他雀躍道：「上本，Kevin Love 教我們的三分射術很有效，而且他的低位進攻實在出神入化。我……我剛才在他面前搶到籃板，補籃成功。」

上本學到的也不讓青藍專美，他道：「Carmelo Anthony 的步法多變，好厲害，我學了一些，明天一定夠用。」

至於尼特和艾素，專門跟 John Wall 學習運球及攻防節奏的拿捏。Johr Wall 道：「我很快，你們是知道的；你們很快，我也是知道的，但如何利用速度致勝，其實不在於速度如此簡單，而是節奏。我很多謝安祖米拿和比立斯的教導，他們教我如何『慢』！原來懂得了，會更快！你看我的二段甚至三段變速，看着……」

尼特開始明白所謂極速，不是速度的快疾，而是速度的變化，就如跑車的換檔。John Wall 的換檔技術配合運球手法，相信不多於五位 NBA 球星能與他並駕齊驅。「Derrick Rose、Derrick Williams、Kylie Irving，是當中的佼佼者。」

每個人的絕招，從來都不過三！過三的就不是絕招了，而是全面的絕藝！

五位青年好手在三位 NBA 球星身上學到他們不同的絕招，集各家之大成，匯集他人之絕技融會己之所長。絕招嗎？不！已成絕藝了。

費雪拿着戰略板，跟基達斯在研究街霸三打三的戰術，所有球員都圍在一起聽講，然後實驗、試行，由無防走位到壓迫協防，三個實用的戰術已全數被他們吸收。Carmelo Anthony 帶着滿有期望的笑容，對整隊 Ironman 道：「加油！我們會來看啊！這次比賽，阮志成廣邀城中名人、球星、官員來觀賽。你們代表紐約，別在我們麥迪遜花園主場丟臉！」接着，幾位球星與這五位青年逐一擊掌為盟，John Wall 對艾迪兄弟道：「別人的垃圾話很有用，把他們丟進你的私人垃圾桶。」

艾迪的身體狀態跟巔峰時期尚有一段距離，已恢復七成左右，他跟 John Wall 碰拳、擁抱：「Bro. 明天是我們打出名堂的時候！」

說得對！如果人生什麼時候都平淡順遂，那有什麼意思？人生啊！一定要有起有落，勇敢去闖，堅強面對挑戰，才能夠認真的認識自己。這五位青年，明天一戰，Fight On！

4 十六強大戰

麥迪遜花園球場不用多介紹了，每逢有盛大比賽，星光熠熠，是城中名流、球星、影星必到之地。這座能容納兩萬人的場館本身就是一座大城市舞台，紐約……紐約……的地標之歌在場館迴盪。記者、電視台直播、啦啦隊、雜技表演、演唱嘉賓……打造成NBA明星週末般熱鬧。

穿上運動裝的阮志成——主辦單位主席——「龍王國集團」最高領導，陪着NBA主席、NBDL發展聯盟主席、市長和市長夫人，進場、致詞、就座！

連場表演完後，熱烈的氣氛沒有停止，還進入另一高潮，來自全美各地的十六強街霸球隊——列陣！

A組

新澤西代表：Raining Day VS 紐約代表：Ironman
芝加哥代表：狂牛隊 VS 底特律代表：Badboys
奧蘭多代表：核爆隊 VS 三藩市代表：Navy
新奧爾良代表：蜂王隊 VS 拉斯維加斯代表：思想家

B組

西雅圖代表：超音速 VS 波士頓代表：綠軍
邁亞密代表：火槍隊 VS 猶他州代表：小爵士隊
洛杉磯代表：天使隊 VS 夏洛特代表：Wildcats
侯斯頓代表：Space VS 紐約代表：龍王隊

只有主辦單位能擁兩個出賽席位，其他都要在本區拚個你死我活才可爭一席之地。

各區高手如雲，不乏全美高中和大學的星級戰將，現場的大學、NBA球探虎視着，誰勝誰負誰個潛力無限，一一盯着，準備賽事一完便上前邀請、收購！

比賽分兩日進行，首日是十六強及八強戰，翌日是四強戰、冠軍戰。沒有季軍之戰的原因，阮志成解釋：「勝者，唯一王者！夠了。」

「Wow~~~~~~~~~~~~~~Yeah！比賽開始，兩邊半場先各自進行首兩輪十六強大戰！淘汰制一場定生死，輸就返屋企！機票自己俾！」旁述用地道的俗語講解比賽規則：「每組八隊，誕生兩強，合共四強，明天交叉激戰，爭奪冠軍！」

十六強戰

第一場

A組：新澤西代表：Raining Day VS 紐約代表：Ironman

B組：西雅圖代表：超音速 VS 波士頓代表：綠軍

第二場

A組：芝加哥代表：狂牛隊 VS 底特律代表：Badboys

B組：邁亞密代表：火槍隊 VS 猶他州代表：小爵士隊

第三場
A組：奧蘭多代表：核爆隊 VS 三藩市代表：Navy
B組：洛杉磯代表：天使隊 VS 夏洛特代表：Wildcats

第四場
A組：新奧爾良代表：蜂王隊 VS 拉斯維加斯代表：思想家
B組：侯斯頓代表：Space VS 紐約代表：龍王隊

「準備好了嗎？打頭陣第一場啊！」艾迪在場邊與隊友手疊手，問自己，也問隊友。

青藍學懂了垃圾話：「艾迪，你是說，替對方準備第一場敗仗嗎？」

艾素道：「我們這兩個月來，由不相識到成了好隊友，好開心認識你們。這一次比賽，我們一起取勝，當送給你們回國的禮物！」

「你想在這時候感動我嗎？我想殺敵啊！別叫我流淚！」上本笑着道。

尼特冷靜的道：「對手不弱，雷奧米拿的三分雨一下，我們便煩了。」

艾素也盯了雷奧．米拿一眼，記起了兩年前的比賽，虛報哥哥已死的假消息擾亂了他的心神，艾迪握住艾素的手腕道：「要他雙倍奉還！」

兩兄弟堅定的點頭，牧師、兩兄弟的媽媽和一班好友在看台上看着，一同為兄弟倆打氣，心情激盪、感動！

牧師說：「這兩兄弟今天會一鳴驚人的！」

兩兄弟的媽媽：「我一直都沒好好看顧他們，原來這對兄弟已成了男人！」

比賽開始，上陣的是艾迪、艾素、尼特，青藍和上本暫當後備。

「兩年前，以為你死了。」雷奧．米拿輕佻地笑着防守艾迪。

球證上理跳球，艾素跟對方的高個子一同躍起爭球──艾素躍動稍快，一手把球拍給艾迪。

三打三的戰術中，瞬間反擋頗有效！

三人依照費雪教的走位方法，即時起動，艾素跟尼特單擋，製造空間及時間差予艾迪，讓他在這兩三秒間跟雷奧決勝負！其餘兩個防守球員並非弱手，瞬間已破了尼特單擋的去路，不過正中他們的陷阱——

艾迪一佯一閃，再一個左移Step Back，出手之快猶如當年，三分球命中！

Ironman率先領着3：0，輪到Rainning Day開球。雷奧接過隊友傳球，想也不想便起手：「知道為何我隊叫Rainning Day嗎？因為我們下的是三．分．雨……」

中！不用兩秒追成平手，再度由Ironman開球，不過——

雷奧和隊友突然發爛，施以緊迫防守，切斷傳球路線，再次——再次一記三分、兩記三分、三記三分！

開賽五分鐘，雷奧的三分雨傾盆而來，以12：6領先Ironman。

青藍立即叫一次暫停。

「我們的命中率高，但他們更準！想辦法啊！兩個六呎十的球員替他們單擋，而且他們懂得爆籃，再打下去，會輸。」

艾迪醒悟：「我們不可跟他們鬥射！向兩個高大球員下手，他們愈想我們鬥射，我們偏選擇劏籃博犯規。青藍，你代我出場，你們三人多作劏籃和中距離跳投。他們只得三人，沒有後備，快點令兩大高人犯規纏身，尼特的控球可以盡情去玩！」

沒想到艾迪為了球隊，主動調出，換入更適合打這場比賽的球員，這種大方又無私的領袖風範值得學習。

暫停後，球證示意換人，雷奧見艾迪坐在場邊，揶揄道：「對了！早點看我比賽！」尼特冷冷的道：「三分雨？今天太陽猛得很呀！怎會有雨？」

他在高個子面前一記插花式運球，強行切入左路，逼使對方壓上來，卻原來早已料到青藍會走上罰球線接應。雷奧面對素未謀面的青藍，不知對方斤兩，竟施展壓逼性防守：「有種便過我吧！求求你！」

好啊！青藍箭步切入，在七呎之距左右急停跳射，奪回兩分，兼博得雷奧打手犯規，連隨投進罰球得三分，12：9。「我想你跟不上我的速度！」青藍挑戰他。

上半場最後兩分鐘，18：14，Rainning Day 領先……

從來，雷奧．米拿都不是贏速度，青藍說的只是擾敵之計，陷入自己不擅長的進攻死胡同去。

我就是要比你快！雷奧運球加速，一對一力壓青藍。

此刻，他發現陷阱已設在面前——青藍的防守步豈是省油燈？他早已封了雷奧的路線逼他持球撞人犯規！

有時候，快，不在於攻，在於防！

雷奧兩犯，三打三街霸賽的個人總犯規是四次，四犯離場！上半場的一分半鐘，雷奧身中兩犯，已是被縛了手腳。

「守得好！到我表演了！」艾素跟青藍擊掌，然後接應尼特傳球，在對方面前施展 Crossover Insideout 運球，突然加速佯裝切入，登時令六呎十吋高的球員倒在地上，艾素的花招一次得手，「再見！」

中距離兩分球命中！18：16。輪到雷奧開球，他心忖：三分雨要再下一下……之際，青藍已封了他的起手空間，尼特從後神不知鬼不覺的抄走了他的球，順便利用青藍的單擋，阻止雷奧回身追逼！

防守的高大球員來補位，青藍已然 Pick and Roll 入楔，接應尼特的 No Look Pass 彈地傳球，引誘防守艾素的球員上前協防，再一記回馬槍傳給三分線外的艾素——三分球——中！19：18反超，三人的攻勢配合得天衣無縫！

旁述都難以三言兩語地描繪，全場的掌聲彷彿只送給 Ironman，轟動迴響！

到了下半場，Rainning Day 的悲慘遭遇正式上演。雷奧．米拿被青藍的防守快步弄得狼狽不堪，不消五分鐘便四犯離場。這位美國明星高中球員被一個寂寂無聞的香港小子——守死了。

接下來的二對三局面如同垃圾時間，青藍換上本直宏，艾迪再度換入，艾素休息。而對方 Rainning Day 的兩個六呎十高佬在艾迪和尼特的強攻下，被踐踏到體無完膚，

還要在一萬名觀眾面前，被尼特 In Your Face Dunk！

雖然兩位高大球員力壓籃下取分，可惜三打二啊！光是協防已令他倆的攻力減半。最後的兩分鐘，上本直宏在外圍連發三枝冷箭，艾迪和尼特輪流切入劏籃，得分兼博犯規，促使 Rainning Day 未到完場已舉手投降！

Ironman 首勝，殺入八強！

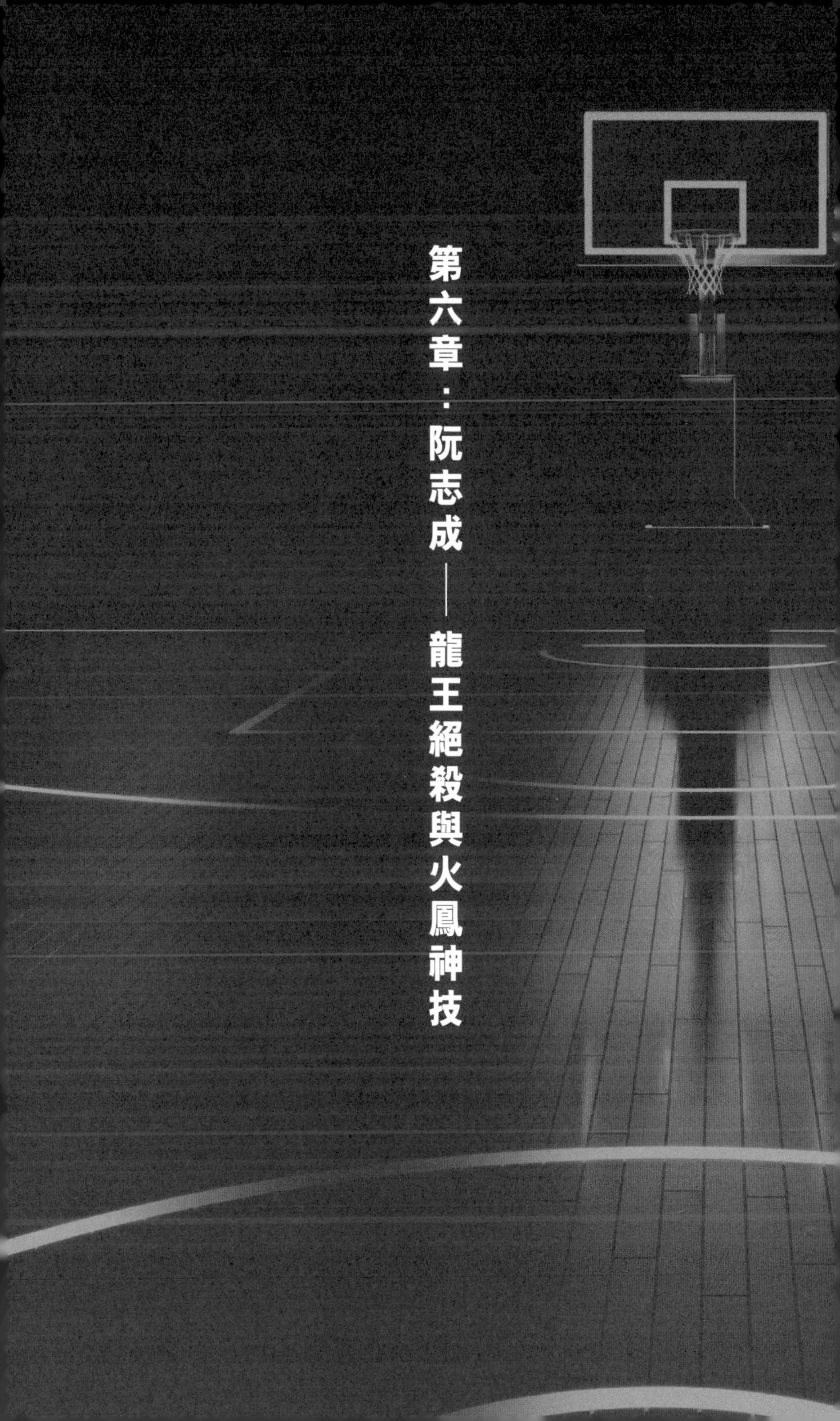

第六章：阮志成——龍王絕殺與火鳳神技

1 巨人

第二場和第三場的十六強戰也頗激烈，各隊均有高手壓陣，畢竟一場紐約體育大騷定會辦得好看！全美的街霸高手磨刀霍霍，施展渾身解數，技勝一籌者自然在淘汰賽中晉級，記者立即上前追訪，星級球員習慣了，場上場下完美表現。但對於不被看好的 Ironman 隊而言，記者的訪問令他們渾身不自在，喜歡揭私的娛記更是窮追猛打，幸好紐約人的公關職員幫忙解圍，他們才可鬆一口氣。

回說場上，第四場的十六強戰成了焦點所在，A 組的蜂王隊以狂風暴雨之姿蓆捲拉斯維加斯的思想家隊，上半場以 30：0 領先！

最恐怖的是這三十分是一人獨攬！下半場未開始，思想家隊三名主力傷出，宣佈投降退賽。

這個獨攬三十分的狂人名叫活地．侯克，二十歲，外號「綠巨人」，身高七呎二吋，體重三百九十五磅，肌肉雄厚，渾身是勁！巨猩王、霸王龍……記者們已替他起了不同的外號。

記得在NBA的近代歷史上出現的巨人中鋒，同樣有如此霸氣的，就只有「大鯊魚」Shaquille O'Neal一人。今天在全美傳媒與球探的眼前，見證O'Neal接班人橫空降生！他——活地．侯克——比O'Neal更高，更壯，更恐怖！

「我……我們能勝他嗎？」八強對手三藩市代表Navy已在驚呼：「他……他……其餘二人只要控好球，射球稍準，已夠橫掃了……」

他，新奧爾良的希望，NBA各隊的爭奪對象，會是Ironman和龍王隊奪冠的最大阻力！

「頭大無腦的有什麼好怕？不如你先看守我吧！如果做到的話……」阮志成運球的技術已是出神入化，兩下假身已令對手成了今晚Ankle Break的主角！然後一記三分球終結比賽，順利打入八強。

八強分組對賽的列表即時在現場大電視播出：

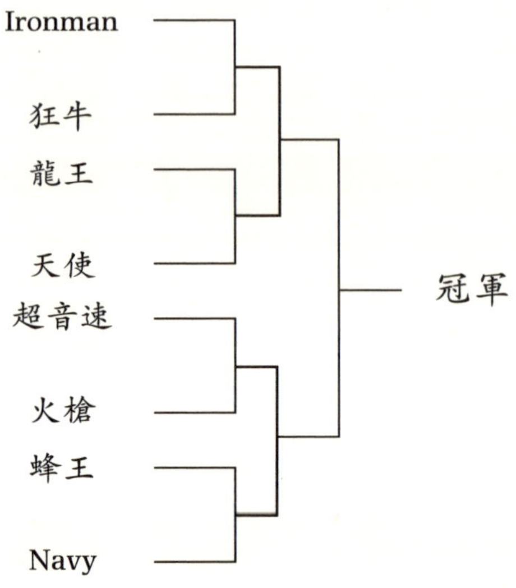

「呵！四強便要碰面，對你們來說真是可惜！」龍王隊的 Killer Mia 跟艾素道。

艾素沒理會他，全力專注下一場的備戰之上。阮志成走過來，跟艾迪道：「八強之中，狂牛的對抗性好強，小心給撞散了，我倒想四強戰再跟你打。」

艾迪淡定地回應：「你也千萬別輸給天使，我們同時比賽，看看最後誰贏得較多分數。」

「好呀！」二人 Side Bet，擊掌。八強賽第一場正式展開！

Ironman VS 狂牛

上半場：25：20，Ironman 領先。

下半場：45：36，Ironman 終勝。

分差：9。

龍王 VS 天使

上半場：32：26，龍王領先。

下半場：52：42，龍王終勝。

分差：10。

第一場的八強戰，Ironman以輪替方式跟對方周旋，每一次輪替都有一套新戰術，令對手無所適從。尼特和艾素運用多變的進攻，艾迪控制節奏，青藍和上本在外圍施放冷箭，各司其職，輕取對手。

至於死敵龍王隊亦是談笑用兵，阮志成、Killer Mia主攻，六呎十一吋高的青龍隊中鋒馬加素狂搶籃板和封截，球評家還嘉許他說未來NBA四大中鋒，他一定佔其中一席。

分差上，龍王險勝Ironman一分。

「明天，四強戰，好好休息！別讓我贏得太易！」阮志成再度跟艾迪兄弟碰面。

艾素道：「你是主辦單位主席，不會令你輸得太多，留點面子給你。放心！」

又道：「呀！我們的絕招未出，明天小心我們換檔！」

「什麼？換檔？」Killer Mia 不明所以。

尼特道：「明天揭曉。」

正當兩隊舌戰之際，突然一聲巨響！轟隆！

整座籃架給硬生生扯爆了，高強度的纖維玻璃籃框盡碎一地，全場驚呼！是誰重演O'Neal 當年入樽拆掉籃架的經典一幕？

活地．侯克是也！

在一場比賽中，第十二次大力入樽，籃架不勝負荷，死亡！

比賽最後一分鐘，Navy 硬輸二十八分，投降！

「無論誰進決賽，都要面對這個巨人吧！」艾迪笑着道：「觀眾們好想看看，我如何收服怪物！」

「那明天先過我一關再說！」阮志成再度跟艾迪擊掌，識英雄重英雄。

2 激戰上半場

第一天的賽事順利完成，震動人心的畫面多不勝數，當中最出位的絕對是活地·侯克的「拆樽」，在網上瘋傳，在新聞中熱播、是名人訪問間說笑的話題……

青藍和上本在宿舍看着電視新聞，也失聲大呼：「那是人的行為嗎？明天要跟他打啊！」

上本直宏道：「過得了龍王隊才說！」

「你沒信心？」青藍道。

上本不以為然，然後深呼吸一下，道：「這次NBA特訓之旅快到尾聲了，比賽一完，大後天便是重聚日，再多一天便四散，時間真快！」

罕有地，這對亦敵亦友會深入地聊天，青藍自感奇妙。他道：「對啊！見識真多！回到家一定要跟人分享！喂！你不是不捨得我吧！」

上本做了個鬼臉：「哼！亞洲青年錦標賽轉眼便到，到時再見！你們港隊，別在外圍賽輸掉。」

提起了亞洲青年錦標賽，青藍熱血上湧，想起幾個好兄弟，期待重聚日暢談分享，更期待回到香港跟父親分享。「由下屆亞洲賽開始，港隊會是奪冠常客！」

「是嗎？那你早點睡，發個春秋好夢！」上本關上房燈，倒頭睡去。

另一邊廂，艾迪兄弟正在促膝詳談。

「哥，明天一戰，阮志成可交給我嗎？」艾素問。

艾迪道：「當然可以，我信你！」

「明天會贏嗎？」

「會！因為你哥重生了。」

翌日早上，兩場四強大戰先後展開，到了晚上八時，只上演一場冠軍戰，門票早已沽清，炒價貴了兩倍。

龍王對Ironman，萬眾期待的「紐約打甡」——蜂王對超音速，全城期待的巨人表演！

首場，要來終歸會來！

龍王隊：阮志成、Killer Mia、馬加素、雲加

Ironman：艾迪．夏威、艾素．夏威、尼特．告魯斯、殷青藍、上本直宏

跳球開始！艾迪奮力一躍，竟跟馬加素同一高度，只是馬加素手長一點，撥了給Killer Mia，卻被尼特從後挑走籃球，加速切入，飛身上籃！阮志成立即棄守艾素，從後封板，一手拍走籃球，竟又給艾迪拾到這籃板球，力壓馬加素左手上籃得分！2：0。

輪到龍王隊進攻，馬加素在高位跟Killer Mia單擋，投出一記中距離，追平兩分！不過艾素的Crossover運球比以前更快更多變化，阮志成防守步法跟得極緊，艾迪嘗試單擋卻被馬加素破了他的去路，擋拆不成反令艾素陷入夾擊之中。在急忙慌亂之際，艾迪跟尼特早有默契，拉開兩個方位，讓Killer Mia夾在中間，不知該防守誰……夾擊未

見得手，卻令艾素窺見空隙傳球予尼特，在三分線上出手——彈出！馬加素搶板回傳予阮志成，艾迪立時守在前面，正面交鋒。全場一陣陣如浪的騷動，為此戰贈慶！

阮志成晃身佯左閃右，艾迪料敵先機封死切入角度，豈料阮志成突然改用背籃功硬打，肩晃、頭搖、轉身Fade Away——中！「守得好，但我射得更好！」

艾迪開球，傳予艾素，然後跟尼特反擋，再轉身躍起，艾素已知哥哥的意念，立即傳出一記「拆你屋」，讓他火鳳飛昇，凌空單手接球，大力入樽！還博得馬加素第一個犯規，入球連野球得分又追回分數。

「我要換檔，讓他見識！」尼特面對Killer Mia，運球在手，兩下Inside Out運球突然發難切入，卻又急停半秒，讓Killer Mia回身之際，再突然加速——二段變速，呼嘯一聲如箭激射，擺脫Killer Mia直衝籃板，上籃得分！

這就是換檔，二段變速！快、加快、停、加快、變速！有節奏的速度如一首古典名曲，動人心晥。被領先的人通常會變得急躁，可是阮志成卻冷冷一笑，兩分而已，下一

球反勝。

他雙拳合壁，手背上一整條龍紋身活靈活現！「龍行天下！」他自言自語，單人匹馬般運球進攻，隊友拉開空間，讓他一對一殺敗艾素——閃龍行！

那即使加速了的歐洲步，之字上籃，不用太多動作，直線搶入對手空間，然後第二步變向。而阮志成不單步法變向，上籃的右手亦同時空中轉換左手，逼着緊貼的艾素打手犯規兼入球！上半場的四分多鐘，好戰的神經拉得極緊，觀眾的神經也給死死扯住，一時驚歎一時歡呼！

兩隊的拚死戰鬥，令比分偏低，因為兩隊的防守是史無前例地緊！

上半場最後三分鐘，16：17。龍王隊憑阮志成的「龍行天下」攻下幾城！

幸好艾素和尼特的「換檔」絕招亦令 Killer Mia 數度失位，遭擺脫，被得分！

此刻，膠着了的比賽，就只有一個人能突破！尼特和艾素有「換檔」新招，艾迪・夏威呢？他又有何法寶？

阮志成罕有地專注防守，一陣陣霸王氣息如同無形高牆，任尼特的換檔和 Killer Crossover 再詭異，也沒法越他的雷池。直到艾迪在單擋換防後，再一次面對阮志成，才真真正正的感受到眼前的癮君子，終非池中物！

「右邊！三換檔！」艾迪邊說邊加速，右路直搗龍穴，阮志成併步防守，艾迪二段變速後再稍停，做了一個 Inside Out 運球小動作，忽然再度加速成了三段變速——微微越過阮志成半個身位，足夠他在馬加素面前來一個單手飛身鋤樽！轟隆一聲！入球，兼博得犯規！

火鳳凰的神技——三段變速！如果，艾迪是一台超跑，他該會以 0.3 秒內飈升時速二百公里！

上半場完，比分 24：22，Ironman 反先。

3 激戰下半場

「紐約新希望！Ironman 隊中是紐約人的青年集訓成員，真厲害！」旁述道。

下半場，阮志成的龍王隊開球。他清楚記得首次被人擺脫的畫面，忖道：「三段變速所需的力量很大，我就看你能挺多久，我以攻止攻！」

龍王已然震怒，發難猛攻了。艾迪沒料到阮志成選擇背籃進攻，以力量壓籃，消耗他的體能。同時馬加素跟 Killer Mia 在三分線單擋，既擾敵又防止協防。

「用力氣撐着我？你的力量會更快流失！」阮志成的背籃功步法至少有三變，Up and Under、Up and Fade Away、Spin Move Up and Under，到底，他想怎樣？

想？已慢。阮志成壓籃、轉身、彈後、Fade Away——這是第四變！先追兩分！

艾迪開始感到壓力！「厲害！難道他已看穿了我體能未復的弱點？」

知己自然知彼，高手對戰，一兩次攻防已夠摸清底蘊。

「艾迪．夏威，如果你沒沉迷毒海，我肯定你能跟我鬥個平手，可惜你當年的義氣害了如今的你。」阮志成確實喜歡這位對手。

到了艾素發球，他決定讓哥哥小休，轉傳給尼特，然後執行反擋戰術，擋開阮志成，讓艾迪跑上三分線接應。而尼特乘這空隙，面對 Killer Mia 左幌閃右後退步跳射一記中距離，可惜被 Killer Mia 看穿了，投球被他的指尖一撥改變了球向，撞中前框彈出，艾素快身從後一搶順勢補籃成功！

「哥，讓我來！」艾素的體力和速度正處頂峰，尼特又能牽制 Killer Mia，在表面的形勢上絕非一面倒。

又輪到龍王隊進攻！Killer Mia 跟馬加素在追位進行單擋 Pick and Roll！以為尼特個子不高，正好利用馬加素的高壯優勢強打內線。他一個轉身 Pump Fake，再來一記大力入樽──！

「下來──！」尼特力頂着馬加素，艾素變速壓過 Killer Mia 一躍而起，從後飛身

阻攻，拍一聲把以為必入的入樽一手蓋鍋式壓下來，籃球快速的滾到艾迪面前，阮志成登時上前守住，二人的正面交鋒再度展開！

艾迪作勢射球忽地變速壓入中路，在Killer Mia協防之際又突然急停佯左閃右Crossover二段變速直殺入籃下，在阮志成和馬加素合力組成一幅鋼牆前躍起——直如火箭升空——三段變速彈跳——來一個震動場館的單手入樽！

轟！艾迪力破龍王隊兩大強手！全場掌聲叫聲雷動着！

但在聲如雷震的同時，艾迪聽得見小腿微細的「卜」的一聲。沒有人聽見，只是他的身體讓他聽見。「弊！」他隨即感受到一陣陣暗湧式的疼痛，「是三段變速用力過度累事……不，我要撐着……」

人之意志大得可以力頂天地，在這「幾分鐘內見英雄」的戰地上，艾迪不容許自己就這樣退場，他的榮辱、兄弟、眾人期望，都在肩上。餘下四分鐘的賽事，足夠成就他的無憾人生。

比賽餘下三分三十秒，比數 40：37，龍王隊暫勝。

龍王隊憑馬加素在內線的力量得分，憑阮志成強打艾迪而得分，Ironman 則憑艾素和尼特的單擋 Pick and Pop 維持分數差距。

「艾迪有點不妥！」上本和青藍觀察出來了。

「要叫暫停嗎？還是換人？」青藍跟艾素對望一眼。

上本卻止住他：「不用了，艾迪是個勇士，讓他拚戰到最後一秒。」

青藍想了想，同意，堅定點頭，道：「他能在短短一個月內練回這個狀態水平，已是非常了不起。如今能跟宿敵一戰，確是沒理由換走他。我們尊重他，就得支持他拚到最後！」

上本跟他擊掌，二人同仇敵愾。上本道：「這一球到他主攻，看着吧！」

場上的艾迪是傷了，觀眾、旁述都看得清楚，還在質疑為何不換人。可是在比鬥的兩隊人心中，換走艾迪就如搶走他的尊嚴，絕對不行！

「你的三段變速已令你的小腿負荷不了，別再硬來！」阮志成守着艾迪：「我敬重你是條好漢！說真的，下場吧！我想待你完全康復再打一場。現在你強來，我怕你的籃球生命就此完結啊！」

「我的生命本來早已完結，如今正是我最強的一刻。看！我的三分球！」艾迪毫不理會小腿傷勢，突然再度加速切入，一記後手運球 Step Back，鼓盡力躍起，變速之快叫阮志成無從捉摸。「他的三段變速不是向前衝，竟還可急停突變垂直跳射？怎可能？」

沒有不可能！在乎人的意志與堅忍。艾迪在三分線上躍後跳投，阮志成飛盡封阻也阻不了，只能回身卡位，準備搶籃板……不用了，艾迪的三分球穿針命中！40：40，Ironman 追平。最後兩分鐘。

「卜！卜卜！」左右小腿同時在響，在痛！在艾迪着地一刻，兩顆小炸彈在肌肉組織內引爆，令他無法支撐身體，應聲倒地，撫着劇痛的兩腿嚎叫！

浴火重生的鳳凰——艾迪．夏威，強行催谷使用三段變速神技，最終忍痛負傷倒地！球證上前視察了解，艾素和尼特站在身邊，大部分觀眾也站起身來大喊支持！

「早叫你別強來！可惜……我很喜歡跟你鬥牛啊！」阮志成走上前，一臉惋惜。「艾素，換人吧！你哥已盡了最大能力，別死撐！」

艾素和尼特也不知道阮志成到底是真心或假意，只道此刻大家都為哥哥艾迪感到心痛。最後的一分多鐘，艾素決定換人，青藍入替艾迪，尼特換上上本直宏。

尼特跟在場職員抬起「火鳳凰」艾迪到場外，艾迪痛得面容扭曲，忍着痛道：「青藍、上本，別……別輸！」

上本拍拍心口，跟青藍和艾素擊掌，回頭跟艾迪道：「交給我們吧！Ironman 豈會輕言倒下？」

比賽最後一分鐘，40 平手。阮志成進攻，青藍守着。「我不會因為同情而留手。」

「我也是。」青藍守得極緊，決不讓阮志成有半分切入的空間，還逼他傳球。

上本力撐着接應阮志成傳球的馬加素，武士道力量源源而上，令馬加素無法強行爆

籃。但他粗中有細，竟轉用小天勾放籃成功！42：40。

最後三十六秒。艾素傳球給上本，然後Give and Go，接應上本的回傳，Killer Mia從後追逼，跟馬加素進行二人夾擊，封了艾素的上籃。幸好這個Loose Ball被上本拾起補籃成功，追回兩分扳平。

二十八秒……

「到底艾迪的三段變速是怎樣煉成的？有竅門嗎？要突破阮志成的防線，除了運球變化外，段速變化是關鍵吧！」青藍一邊守着運球走位的阮志成，心念間一直想着前輩艾迪如何做到這一絕招？

正當他想着如何辦到之際，阮志成已在他面前接應隊友的快傳，一晃動一退步，一記出手快疾的中距離已穿針命中！44：42。

二十秒……

上本直宏在馬加素壓逼下傳給艾素，青藍跟他順擋轉入，艾素假裝切入，然後快傳予罰球線上的青藍。阮志成的手遲了半步，未能偷去傳球，反讓青藍有半絲空隙剷籃。

兩步、人在半空、Killer Mia 回防封籃！青藍已無退路，決定在空中避開封截，第二時間勾手放籃……

十七秒……

馬加素棄守上本，一手給青藍一記蓋火鍋！

嗶──！打手犯規。球證判馬加素侵犯青藍，判了兩個罰球。

十二秒……

青藍第一記罰球命中，追至 44：43。

「第二記罰球，時間無多，要博一博！」青藍跟上本和艾素使個眼色：「這球不入，搶．籃．板！」

「小心，他們有詭計！」阮志成看穿了他們三人間的信息……

但一切都太遲！青藍故意射失，讓籃球撞中前框，給上本搶到，立即傳予外線的青藍。

最後八秒……

七秒……（艾素和上本拉開兩邊，中門大開，讓青藍跟阮志成一對一。）

六秒……（三段變速，就是急停然後加速，再急停、變向再加速多一倍。）

五秒……青藍跟艾迪彷彿隔空連了線，領悟到火鳳鳳三段變速的神技——

右切、力壓阮志成、後手運球急停、左切一步、再後手運球急停、變向、加速、擺脫阮志成、開步殺入——

身後，阮志成，身前，馬加素，左側，Killer Mia。

青藍無畏無懼，眼中只有籃框，躍動，極大力量的雙手——鋤樽！

力壓龍王三將，驚天一扣！反勝45：44。

最後2.5秒！龍王隊用上暫停。

熱血翻騰的青藍跟艾素擊掌，上本直宏也雀躍大叫着奔過來擁着他：「扣得好勁！」

在場所有麥迪遜花園場館的觀眾都「High翻天」了！整隊來觀戰的紐約人和青年

A、R隊球員興奮若狂，跳起身歡呼！觀眾互相擊掌叫好！場館立即奏起星球大戰的背景音樂，直如NBA All Star Game最後第四節的場面，氣氛高漲得令青藍畢生難忘！

「我能在這兒入球，還引起如此激動的場面，簡直是造夢啊！」

「別發夢！兩秒，足夠他們進攻有餘！」艾素拉住青藍的手臂，叫他別再陶醉於幻夢之中。

這時，受傷的艾迪在戰術板上指劃：「Killer Mia會開球，一定傳給阮志成，然後馬加素會跟他單擋，或者索性直傳給內線，讓馬加素強攻。別犯規，他們的罰球很準！」

另一邊廂，阮志成跟隊友亦討論着餘下兩秒的攻勢！他竟有點怪責自己：「想不到那個殷青藍竟懂得三段變速，是我算漏了他！」

Killer Mia拍拍他的肩膀說：「別想了，是我們都低估了這兩個亞洲小子，那個上本的威脅也頗大。」又道：「我開球，他們一定會認為我會傳給你，由你絕殺！」

「你想怎樣？」阮志成狐狸般的一笑，對馬加素道：「我一接球，你轉身向籃框跑

去，我假裝進攻，第一時間傳一記高飛球給你『拆你屋』入樽！兩秒時間剛剛好，他們無力回天。」

阮志成的計劃正確無誤，亦顯示他的領袖風範，關鍵時刻沒貪功，沒硬要執行最後一擊，反而冷靜地策動攻勢，果然不簡單！

嗶！暫停完畢，球證要求雙方出場！

Ironman——守！龍王隊——攻！

突然！艾素停下腳步，忽有另一心思：「如果我是阮志成……」

「喂！艾素，進場了！」上本嚷着。

艾素給上本一喊，竟然靈機一觸，道：「上本，守馬加素要用三分二防守！」

上本不明所以，但點頭照做！

如艾迪所料，Killer Mia 真的傳給阮志成，青藍撲前防守。

兩秒……阮志成狡猾一笑，No Look Pass 傳出一記高飛球！

1.5秒……馬加素轉身直向籃框奔去，卻被上本的三分二卡位防守窒慢了一步。

一秒……馬加素躍得極高，全場觀眾也不自覺的跟着他站起身……見證絕殺一刻！

0.8秒……馬加素接應阮志成的傳球，面向籃框，單手入樽……

0.5秒……一條快疾的人影後發先至，倏忽間直飈而上……在馬加素和籃框之間攝了上來……艾素．夏威，龍王絕殺的破壞者！

0.4秒……他冒着斷手的危機，勇阻馬加素的凌空入樽，一隻手掌罩住籃球，力頂入樽的衝力……

0.3秒……馬加素壓向艾素，兩個人同時倒地，球證沒判犯規，看着籃球彈出界外……

0.2、0.1、0.0秒！Ironman的艾素．夏威猜透阮志成的心思，奮勇力阻對方絕殺！45：44，Ironman險勝龍王隊，打進街霸籃球決賽！

這場扣人心弦的比賽令人如癡如醉，眾人都以為絕殺得手之際，竟殺出變數來。兩

IRONMAN
14
IRONMAN
7
14
7

隊合演的二十分鐘街霸三打三激戰，絕對能媲美任何一場NBA季後賽。Ironman三子開心得摟作一團倒在地上，尼特扶着艾迪上前，擊掌大呼：Ironman！

「贏球了！想不到真的贏到了！」青藍和艾素說着同一番話。

「從沒想過會敗！哈！看來我要再苦練！」阮志成極有體育精神地上前祝賀，Killer Mia、馬加素也跟上本、青藍和尼特等人擁抱握手。「打得好！」

這刻，全場所有人站起身，為兩隊球員立正鼓掌。旁述亦趁機宣佈今晚八時上演決賽！Ironman的對手會是……

夏洛特蜂王隊！人間凶器——巨猩王——活地．侯克！

（他們在另一場的四強戰大勝對手三十分，侯克只上陣八分鐘，獨取二十分。）

〔冠軍決戰：Ironman VS 蜂王

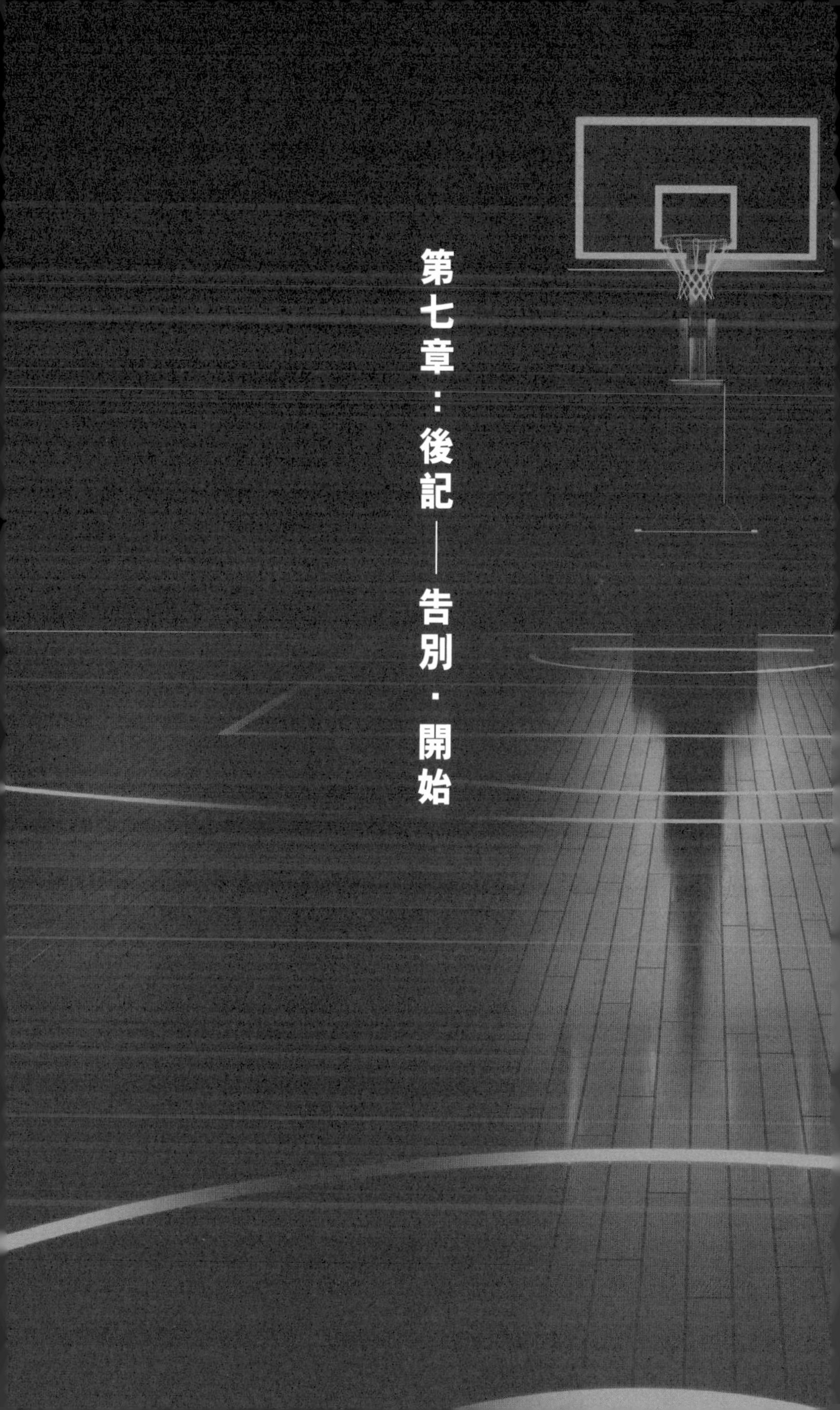

第七章：後記——告別．開始

1 雖敗猶榮的最終戰

冠軍戰到了下半場，蜂王領先十五分。

Ironman 經歷早上的激戰，已筋疲力盡，艾迪因小腿的傷勢無法上陣，艾素的右掌輕微骨折，上陣了四分鐘便無力再鬥。

整隊 Ironman 只得青藍、上本直宏、尼特三人苦撐。可惜毫無懸念，陣容高度不足的弱點在四強戰時表露無遺，如今面對更強大的對手——七呎二吋的巨猩王，根本無力頑抗。

以外攻內的戰術僅讓他們沒被拋開二十分之外，青藍和上本合共投進九個三分球也無補於事，因為侯克的力量足以摧毀他們的炮台，而且除侯克外，另兩名隊友也比青藍和上本高出一截。

「巨人欺壓小朋友」的局面令現場觀眾大呼無癮，侯克力霸四方，青藍咬緊牙關進攻，先後博得侯克三犯被換出，才換到一線生機，下半場追回不少分數。

最後一分鐘，50：42。Ironman 勝望極微！

「輸是輸定了，但我們贏的是不敗鬥志，贏的是尊重！」上本鼓勵着大家，四人手疊手大叫一聲 Ironman！

再戰！

最後，56：44，蜂王勇奪冠軍。

「雖敗猶榮」四個字是所有人贈給 Ironman 的最佳獎項。

無憾了！艾迪兩兄弟自重逢到苦練至比賽此刻，真的無憾，教練和助教們上前祝賀。雖然眼看着別人領獎，但心中明白自己所得已是無價，而且他們五人的表現已吸引到許多大學球探的目光。

費雪教練亦鼓勵道：「你們回來青年隊吧！別再流連街場了。」

2 重聚

兩星期後，青藍和上本的「亞洲青少年NBA集訓」正式結束。重聚日一刻，六十位亞洲好手彷彿是經過改造的戰士，一連三日在場館互相切磋、交流，大家都分享過往兩個多月的訓練及經歷。

青藍跟王凱、徐風分享得眉飛色舞，又介紹上本直宏給他們認識：「這個是亦敵亦友的……好隊友！高手！」

上本直宏笑道：「你不想輸給我，記得拚命練啊！亞洲錦標賽見。」

「青藍，可以跟我們說紐約街霸籃球賽的事嗎？」徐風和王凱準備洗耳恭聽。王凱：「是啊！聽聞紐約街頭籃球的水平極高，好想知啊！快說！」

青藍微微一笑，忽地一醒！跟上本使個眼色，他心領神會，極有默契的道：「後天就走，尚有一日時間，不如我和青藍給你們介紹幾個街霸高手，會一會吧！」

青藍附和着笑：「聞名，不如見面，上陣才叫真感受。」

王凱很興奮：「真的嗎？幾時？今晚？哪兒？誰？」

青藍：「今晚．八時．紐約黑街 roncourt。我和上本的好隊友！」

「又想去街場？」基達斯教練加入討論，「那記得幫我提醒艾素兩兄弟，明晚比賽對波士頓紳士。」

「沒問題！」二人齊聲應道。

3 航道

當飛機穿過雲層，各回本國的年輕人們，都懷着同一個夢想，沿不同的航道飛去。

這趟集訓旅程，到此終結，亦在這再開始。

青藍、王凱、徐風……以及所有熱愛籃球的年輕人們，經過這次歷練，見識到的又豈止籃球的技術和知識？

見識到的，還有……

完